Leona Ravens

la pasión –
DUNKLE BEGIERDE

I0533523

Buch

Ángel ist anders als andere Männer. Er sieht besser aus, hat mehr Geld und mehr Einfluss. Dass er sich für die unscheinbare Studentin Katie interessiert, scheint fast ein Wunder. Oder doch nicht? Als Katie hinter den wahren Grund seiner Zuneigung kommt, ist es längst zu spät. Sie ist bereits so tief in die dunklen Machenschaften Barcelonas Unterwelt verwickelt, dass es kein Zurück mehr gibt. Keines, das sie nicht mit ihrem Leben bezahlen würde.

Autorin

Leona Ravens ist das Pseudonym einer österreichischen Autorin, die schon als Teenager langweilige Schulstunden dazu nutzte, aufregende Geschichten aufs Papier zu bringen. Später machte sie ihre Leidenschaft zum Beruf und begann als Journalistin für bekannte Magazine zu schreiben. Wenn Leona nicht gerade vor dem Computer sitzt, kauft sie zu viele Schuhe, macht zu wenig Sport oder stürzt ihre Küche beim Versuch, etwas Essbares auf den Tisch zu bringen, ins Chaos.

Leona Ravens

la pasión
DUNKLE
BEGIERDE

Erotikthriller

Originalausgabe 09/2015
Copyright © 2015 by Leona Ravens
Verlag: pink monday publishing e.U.
Umschlagillustration und -gestaltung: Damian M.
Bild: Svyatoslava Vladzimirska @ shutterstock.com
ISBN-13: 978-3903041073
ISBN-10: 3903041076

PROLOG

Als Maja aus dem Flugzeug stieg, spürte sie, dass sie beobachtet wurde. Acht Flugstunden lang hatte sie gedacht, in Sicherheit zu sein. Und jetzt, so kurz vor dem Ziel, musste sie befürchten, dass er die ganze Zeit mit in der Maschine gesessen hatte. Wie hatte sie ihn bloß übersehen können?

Suchend drehte sie sich um, doch sie konnte ihn auch jetzt nirgendwo entdecken. Trotzdem wusste sie, dass er da war. Sie konnte seine Anwesenheit fühlen.

Maja drängte sich an den anderen Passagieren vorbei über die Brücke, um als Erste ins Flughafengebäude zu gelangen. Dort, so hoffte sie, könnte sie sich unbemerkt in irgendeiner Ecke verstecken. Maja hastete an den Sicherheitsleuten vorbei, denn die würden ihr ohnehin nicht helfen können. Sie durchquerte die Halle schnellen Schrittes und ließ die Gepäckbänder hinter sich. Ihren Koffer konnte sie auch später noch abholen. Sie wollte gerade Richtung Ausgang stürmen, da spürte sie, wie jemand nach ihrem Handgelenk fasste. Erschrocken fuhr sie herum. Da stand er nun, sah sie mit seinen großen, dunklen Augen an. Attraktiv war er, das musste man ihm lassen. Wer ihn nicht kannte, wäre wohl nie auf die Idee gekommen, dass ein solcher Teufel in ihm steckte. Doch Maja wusste es.

»Hast du wirklich gedacht, ich finde dich nicht?«, fragte er knapp und schob Maja vor sich her zur Wartezone. Sie war einen Augenblick lang so perplex, dass sie ihm gar nicht antworten konnte.

»Eigentlich ist es ja süß«, fuhr er fort, »du hast ernsthaft geglaubt, dass du zurückkommen kannst. Dass ich dich zurückkehren lasse!«

Er lachte herzlich auf und hätte man die Vorgeschichte der beiden nicht gekannt, hätte man meinen können, sie wären zwei Verliebte auf Reisen. Doch das waren sie nicht und Maja wusste genau, dass ihre Reise jetzt zu Ende sein würde.

Mit einer flinken Bewegung zog er sie hinter eine Absperrung, die zeigen sollte, dass ein Teil des Flughafens wegen Bauarbeiten geschlossen war. Seine Augen durchquerten prüfend die Halle, vergewisserten sich, dass sie niemand beobachtet hatte. Dann drängte er das Mädchen weiter in die verbotene Zone, bis hinter ihnen der Lärm der übrigen Passagiere kaum mehr zu hören war. Er stieß Maja in eine der Toiletten, die seit Beginn der Umbauten nicht mehr benutzt worden waren. Obwohl um diese Uhrzeit selbstverständlich keine Bauarbeiter mehr am Flughafen waren, schloss er sorgsam die Tür hinter ihnen ab.

»Du hast mir gefehlt«, raunte er ihr ins Ohr und

drängte sich dicht an sie. Maja wich zurück, doch er folgte ihr, bis sie an der Wand anstand und sich nicht mehr weiter zurückziehen konnte. Er lächelte, als er ihr eine widerspenstige, dunkle Haarsträhne hinters Ohr schob. Er berührte sie so zärtlich, dass sie ihm einen Augenblick lang glaubte. Einen trügerischen Moment lang dachte sie, er hätte tatsächlich ihre Nähe vermisst. Dann hob er seine Hand und schlug ihr mitten ins Gesicht. Maja zuckte zusammen und rieb sich die schmerzende Wange.

»Du verdammtes Miststück,« polterte er los, »du gehörst mir!«

Maja versuchte ihn wegzuschubsen, doch gegen seine körperliche Überlegenheit hatte sie keine Chance. Sie hob schützend ihre Hände vors Gesicht, um seine Hiebe abzuwehren oder zumindest das Schlimmste zu verhindern. Natürlich half das nicht viel und es dauerte nicht lange, bis Gesicht und Oberkörper brannten und ihr der Kopf brummte. Tränen liefen über Majas Wangen, doch geschrien hatte sie noch immer nicht. Sie wusste, dass sie niemand hören würde. Die Sicherheitsleute am Flughafen waren damit beschäftigt, an- und abreisende Passagiere zu kontrollieren und niemand war abgestellt worden, um den geschlossenen Teil des Flughafens zu bewachen. Außerdem, so hoffte sie, würde sich seine Wut bestimmt bald wieder legen.

Tatsächlich stoppten seine Schläge so abrupt, wie

sie begonnen hatten. Einen Moment lang stand er da und sah sie nur an. Beobachtete, wie ihr die Tränen übers Gesicht rannen und wie sie zitterte vor Angst. Schön war sie, mit ihren grünen Augen und dem langen schwarzen Haar. Ihr zartes Gesicht und die zierliche Erscheinung ließen sie zerbrechlich wirken, wie eine Puppe.

Sein Blick wanderte über ihren Körper. Sie hatte enge Jeans an, die ihre schlanken Beine wunderbar zur Geltung brachten. Obenrum trug sie eine Lederjacke, die ihre schönen Brüste versteckte. Mit einer hastigen Bewegung öffnete er den Reißverschluss, um zu sehen, was sich unter dem schwarzen Leder verbarg. Ein dünnes Spitzenhemdchen kam zum Vorschein, das gefiel ihm. Er konnte sich ihrer Schönheit nicht länger entziehen. Wie schon bei ihrer ersten Begegnung, überkam ihn der Drang, das zierliche Mädchen zu küssen. Er beugte sich zu ihr runter, hob ihr Kinn mit zwei Fingern sanft nach oben, sodass sie ihn ansehen musste. Ihr Blick war traurig, obwohl sie aufgehört hatte zu weinen. Jetzt starrte sie ihn nur an, hypnotisiert wie ein Kaninchen vor der Schlange.

Maja wusste nicht recht wie ihr geschah, als seine Lippen näher kamen. In seinen Augen sah sie keine Wut mehr, sondern Leidenschaft. Sie hielt den Atem an, versuchte, sich zur Seite zu drehen um seinem Kuss auszuweichen. Doch er hielt ihr Gesicht mit festem Griff und presste seinen Mund auf den ihren.

Maja hielt ihre Lippen geschlossen, doch er begann trotzdem, sie zu liebkosen.

»Es tut mir so leid«, hauchte er zwischen seinen Küssen und sah ihr einen Moment lang tief in die Augen. Maja war irritiert von der Aussage. Wollte er ihr wirklich glauben machen, dass es ihm leid tat, sie verprügelt zu haben? Das hatte es noch nie. Oder tat ihm etwas ganz anderes leid?

Sie hatte keine Zeit mehr darüber nachzudenken, denn seine Lippen berührten schon wieder ihre und er raubte ihr mit seinen Küssen den Atem. Dann spürte sie es. Seine Hände streichelten über ihr Haar, ihre Schultern, um sich dann um ihren Hals zu legen. Sein Griff war nicht zärtlich, sondern fest. Viel zu fest. Maja bekam keine Luft mehr, versuchte jetzt energischer, ihn von sich wegzudrücken. Doch seine Hände waren wie ein Schraubstock, er ließ ihr keinen Handlungsspielraum. Immer nervöser schlug Maja gegen seine Arme. Wenn er versuchen wollte, ihr Angst einzujagen, dann war ihm das jetzt gelungen. Sie hämmerte mit ihren Fäusten auf ihn ein, traf ihn aber zunehmend schlechter, weil ihr schwindlig wurde vom Sauerstoffmangel. Maja bekam Panik, schlug immer unkontrollierter um sich und hatte damit nicht den geringsten Erfolg. Seine Hände bewegten sich keinen Zentimeter, sein Griff lockerte sich nicht. Ganz im Gegenteil, er würgte sie immer fester, bis rund um sie alles dunkel wurde.

Als er die Absperrzone verließ, war er alleine. Abermals vergewisserte er sich, dass ihn niemand - kein Mensch und keine Kamera - gesehen hatte, als er sich unauffällig unter die Leute mischte. Die neue Menschentraube, die sich von einem der Gates Richtung Ankunftshalle schob, kam ihm da gerade recht. Er zog sich eine Mütze über den Kopf, versteckte Majas Handtasche unter seiner Jacke und vermied es, in die Kameras zu sehen. Keine schwere Übung für ihn, denn er kannte sich in dem Gebäude aus, wusste genau, wo er sich abwenden musste, um unerkannt zu bleiben.

Als er zum Förderband kam, waren kaum noch Leute von seinem Flug zu sehen. Ein einsamer Koffer fuhr die Runde ums Förderband - Majas Koffer. Er griff nach dem schwarzen Gepäckstück mit der kleinen Rose auf der Vorderseite und verließ zufrieden das Gebäude.

1. KAPITEL

Katie war müde, als das Flugzeug endlich zu stehen kam und die Brücke angedockt wurde. Aber sie war froh, zurück in Barcelona zu sein. In den vergangenen fünf Monaten war ihr die Stadt richtig ans Herz gewachsen. Natürlich hatte sie auch die Woche zu Hause genossen und sich gefreut, die ganze Familie am Valentinstag auf der Hochzeit ihrer Tante wieder zu sehen. Trotzdem war es stressig gewesen, so kurz nach den Weihnachtsferien erneut in die Staaten zu fliegen. Noch dazu, wo sie ein paar wichtige Vorlesungen versäumt hatte.

Katie sah auf die Uhr, kurz vor Mitternacht. Bis sie im Bus war, würde bestimmt noch eine Stunde vergehen, bis sie zurück in ihrer Wohnung war, noch eine weitere. Die Menschenschlange schob sich langsam voran aus dem Flugzeug, geduldig wartete sie, bis sie aufstehen und sich einreihen konnte. Als sie endlich am Gate ankam, wurde sie unsanft angerempelt. Sie fuhr herum, sah eine junge Frau vorbei stürmen. Entschuldigung kam keine, dafür hatte es das Mädchen offensichtlich zu eilig. Katie schüttelte den Kopf. Unhöfliche Menschen gab es wirklich überall.

Als sie die Ankunftshalle erreichte, standen schon einige Leute am Gepäckband. Katie stellte sich darauf ein, wieder warten zu müssen, doch zu ihrer Überraschung fuhr ihr schwarzer Koffer mit der roten Rose als einer der ersten ein. Erfreut schnappte sie sich das Ding und zog es hinter sich her Richtung Ausgang. Leider hatte sie mit dem Bus weniger Glück, deshalb machte sie es sich auf einer Bank gemütlich. Es dauerte so lange, bis der Shuttle kam, dass sie sogar noch Zeit fand, was zu trinken zu kaufen, ihre Handtasche auszuräumen und alte Zeitschriften und sonstigen Papierkram loszuwerden, den sie mitgeschleppt hatte.

Es war Viertel nach zwei, als sie endlich ihre Wohnung im Eixample erreichte. Erschöpft warf sie ihre Jacke in die Ecke und schlüpfte aus den Sneakers. Ihre beiden Mitbewohner waren entweder noch unterwegs oder aber schon im Bett, auf jeden Fall war es ungewöhnlich ruhig im Appartement. Katie beschloss, für heute alles liegen und stehen zu lassen und ebenfalls schlafen zu gehen. Nur ihre Toilettenartikel wollte sie aus dem Koffer nehmen. Als sie den Reißverschluss öffnete, machte sie große Augen. Das war nicht ihr Zeug, das sie im Koffer vorfand! Weder ihre Badesachen, noch die luftigen Sommerkleider oder ihre geliebte Digitalkamera schauten ihr entgegen. Was sie sah, waren andere Dinge. Eigenartige Dinge.

Erschrocken klappte Katie den Deckel zu. Das konnte doch wohl nicht wahr sein! Hatte sie tatsächlich den falschen Trolley mitgenommen? Wie groß war die Wahrscheinlichkeit, dass noch jemand auf dem verdammten Flug den gleichen schwarzen Koffer inklusive kleiner Rose hatte, wie sie? Ungläubig starrte sie das Gepäckstück an, öffnete abermals den Deckel, nur um ihn gleich wieder zufallen zu lassen. So ein Mist!

Katie schnappte sich ihren Laptop und suchte nach einer Telefonnummer des Flughafens. Es dauerte eine Weile, bis sie den richtigen Kontakt hatte. Doch als sie endlich die Nummer ins Telefon tippen konnte, hörte sie bloß eine Bandansage. Außerhalb der Öffnungszeiten, na das war ja klar. Wütend knallte sie ihr Handy aufs Bett. Dann musste sie tatsächlich bis morgen warten.

Eigentlich rechnete Katie fix damit, dass sie am nächsten Tag wieder zum Flughafen würde fahren müssen, um den Koffer zurück zu tauschen. Doch als sie endlich jemanden von der Gepäckstelle an die Strippe bekam, wurde ihr mitgeteilt, dass weder ein Koffer abgegeben worden war, noch jemand anders den falschen Trolley reklamiert hatte.

»Solange wir nicht wissen, wer ihren Koffer hat, kann ich nichts für Sie tun«, erklärte die Angestellte.

Na toll, und wenn die andere sich gar nicht meldete? *Es kann ja sein, dass ihr die Sachen gefallen und sie mein Zeug behalten will,* ging es Katie durch den Kopf.

»Sie müssen doch irgendwie rausfinden können, wem der Koffer gehört, oder?« Katie war verzweifelt. »Ich meine, sind die Koffer nicht irgendwie registriert?«

Noch während sie die Frage stellte, wurde ihr klar, dass sie sich diese Chance selbst vertan hatte, indem sie das Gepäckschildchen entfernt und weggeworfen hatte. Und die Mülleimer am Flughafen waren inzwischen bestimmt schon geleert worden.

»No se preocupe« beruhigte sie die Dame am Telefon, »machen Sie sich keine Sorgen, wir werden Ihren Koffer schon finden. Bestimmt ist dem Besitzer die Verwechslung auch schon aufgefallen und er oder sie meldet sich in Kürze.«

»Soll ich den anderen Koffer inzwischen schon abgeben?«

»Das ist nicht nötig, es reicht, wenn Sie ihn dem Boten mitgeben, sobald wir Ihnen den richtigen Koffer vorbeibringen lassen.«

Katie legte auf und schüttelte wieder einmal den Kopf angesichts der spanischen Gelassenheit.

2. KAPITEL

Als er ins Lokal kam, war es bereits gesteckt voll mit Gästen und laute Musik dröhnte aus den Boxen, die an den oberen Ecken angebracht waren. Suchend sah er sich um, musterte protzig gekleidete Typen mit fetten Armbanduhren und mehr oder weniger billig aussehende Mädchen mit viel zu hohen Schuhen und viel zu kurzen Miniröcken.

Es dauert eine Weile, bis seine Augen fündig wurden, aber in einer der hinteren Ecken entdeckte er dann doch den Mann, den er sprechen wollte: Rafael. Er deutete ihm, zu folgen und ging Richtung Tür. Die vielen Leute machten es ihm nicht einfach, vorwärts zu kommen, doch er bahnte sich seinen Weg durch die schillernde Menschenmasse und die flackernden Lichter hindurch, bis zum hinteren Bereich des Lokals, der der feiernden Masse verborgen lag. Ohne sich nach Rafael umzudrehen, ging er den dunklen Gang entlang, bis er in einen der Lagerräume kam. Er vergewisserte sich, dass ihnen niemand nach hinten gefolgt war, dann schloss er die Tür hinter sich und dem anderen.

Eine freihängende Glühbirne warf fahles Licht auf die Fässer und gestapelte Kisten mit Getränken, die sich vom Boden bis zur Decke türmten. Eine Spinne ergriff panisch die Flucht, als seine Hand neben sie auf eine Holzkiste klatschte. Müde lehnte er sich gegen die Wand. Der Tag war lange gewesen. Viel zu lange.

»Hast du sie gefunden?« fragte Rafael und betrachtete sein Gesicht, als wolle er die Antwort lieber darin lesen, als sie zu hören.

Er nickte.

»Ist das Problem gelöst?«

Noch ein Nicken.

Es gab keine weiteren Fragen und das war gut so. Er zog eine Flasche alten Whiskey aus dem hintersten Regal und füllte die zwei Gläser auf, die er im Vorbeigehen vom Tresen genommen hatte. Das gekühlte Getränk tat gut. Es beruhigte seine trockene Kehle und seine geschundenen Nerven sowieso.

Fast zweiundsiebzig Stunden war er unterwegs gewesen, seit ihn der Hinweis auf ihren Aufenthaltsort erreicht hatte. Er war ihr von Miami bis New York gefolgt und schließlich zurück nach Barcelona. Mehrmals hatte er seinen Plan ändern müssen, weil sich keine einzige Gelegenheit ergeben hatte, das Mädchen alleine anzutreffen. Bis sie in Barcelona zum abgesperrten Teil des Flughafens gekommen waren.

Er atmete tief durch, bei der Erinnerung an das, was danach geschehen war und gönnte sich einen weiteren Schluck Whiskey.

Nach Tausenden von Kilometern, die er zurückgelegt hatte und zig verlorenen Nerven, hatte er endlich das Gefühl, entspannen zu können.

3. KAPITEL

Das Wochenende war vergangen, ohne dass Katie vom Flughafenpersonal gehört hatte. Montags in der Uni hatte sie zu tun, die versäumten Kapitel aufzuholen und in der Mittagspause ärgerte sie sich, dass sie diesen ungewöhnlich sonnigen Februartag ohne Sonnenbrille verbringen musste, weil auch die mit ihrem Koffer verschwunden war. Jeder andere hätte seine Ray Ban auch mit Sicherheit im Handgepäck transportiert - jeder, nur nicht Katie. Sie machte sich nichts aus Marken, schon gar nicht, wenn sie von ihrem nervigen Bruder kamen, der sich damit von seiner Schuld freikaufen wollte, ihr Zimmer im Elternhaus zwischenzeitlich als Abstellkammer für seinen alten Krempel zu missbrauchen. Und auf die Idee, dass ihre Sonnenbrille - oder gleich der ganze Koffer - abhanden kommen könnte, wäre sie bis zu diesem Zwischenfall auch nicht gekommen.

Mehrmals checkte sie an diesem Montag ihr Mobiltelefon, prüfte, ob sie Empfang hatte, um nur ja nicht den erlösenden Anruf zu verpassen. Doch als sich auch am späteren Nachmittag noch niemand vom Flughafen gemeldet hatte, beschloss sie, doch nochmals selbst nachzufragen. Wahrscheinlich war einfach auf sie vergessen worden. Sollte ja vorkommen. Auch diesmal sprach sie mit einer sehr netten Flughafenmitarbeiterin, die ihr versicherte, sich persönlich um das Problem zu kümmern. Doch daran, dass sich noch immer niemand wegen der Verwechslung gemeldet hatte, konnte auch sie freilich nichts ändern. Frustriert legte Katie das Telefon beiseite. Nicht einmal die Tatsache, dass ihr die Airline einen angemessenen Geldbetrag versprochen hatte, um Ersatz für die verlorenen Dinge zu kaufen, konnte sie aufheitern. Katie gehörte nicht zu der Sorte Mädchen, bei der Einkaufen einen Endorphinrausch auslöste. Nein, für sie war das viel mehr eine lästige Pflicht, die sie sich vor allem jetzt liebend gerne erspart hätte.

Erst als die Schönwetterphase weitere vier Tage anhielt und Katie langsam die T-Shirts ausgingen, rang sie sich durch, einen Abstecher in die Einkaufsstraßen zu machen. Sie nützte den vorlesungsfreien Freitag Vormittag und schlenderte erst die Ramblas entlang und schließlich durch die verwinkelten Gassen der Altstadt, die sich von der Plaça Reial bis hinter die Kathedrale schlängelten und von unzähligen Touristen und Straßenkünstlern belebt wurden. Es war genau die Atmosphäre, die diese Stadt unverwechselbar machte. Auf das Gedränge hätte sie natürlich verzichten könnten. Aber die Stimmung, diese einzigartige Mischung aus berührenden Saxophonklängen und rockiger Gitarrenmusik, die aus unterschiedlichen Seitenstraßen in ihre Richtung drangen, Zeichenkünstlern, die Spraydosen zu Höchstleistungen quälten oder mit anmutigen Bewegungen den Pinsel schwangen, um eine einzigartige Karikatur oder einen weniger gelungenen Picasso-Verschnitt, aufs Papier zu bringen, das war die Atmosphäre, die der Stadt eine Seele verlieh.

Katie spazierte langsam durch die Gassen und hielt immer wieder an, um sich ein Eis zu kaufen, oder einem der Straßenmusiker ein Fünfzig Cent-Stück in den Koffer zu werfen. Als Studentin war sie zwar nicht üppig bei Kasse, aber ein paar Münzen für besonders gute Musiker hatte sie trotzdem immer griffbereit, seit sie hier wohnte.

Die kleinen Boutiquen, die sich in den engen Gassen der Altstadt dicht aneinander reihten, wirkten einladend und gefielen ihr um einiges besser, als die Filialen der großen Ketten auf der Hauptstraße, und so fand sie schließlich doch noch Gefallen daran, das eine oder andere Teil zu probieren oder - wenn Preis und Schnitt passten - auch zu kaufen.

Katie war über die Mittagsstunden so vom Charme Barcelonas eingenommen worden, dass sie erschrak, als sie irgendwann auf die Uhr sah und feststellte, dass ihr nur noch eine knappe Stunde bis zur Nachmittags-Vorlesung blieb. Schnellen Schrittes hastete sie zurück zu ihrer Wohnung, um die zwei Einkaufstaschen mitsamt den drei T-Shirts und den zwei

Sommerkleidern abzustellen, die sie in einem kleinen Laden mit weihrauchgeschwängerter Luft erstanden hatte. Dann stürmte sie in Windeseile zur U-Bahnstation, rannte am Weg fast einen jungen Mann nieder, und traf mit einer dezenten Verspätung von fünfzehn Minuten im Lehrsaal ein, was ihr einen bösen Blick vom vortragenden Marketingprofessor einbrachte. Die Tatsache, dass Spanien dafür bekannt war, es mit der Zeit nicht allzu streng zu nehmen, schien diesen Professor jedenfalls völlig unbeeindruckt zu lassen.

4. KAPITEL

Es war fast eine Woche vergangen, als er sich an den Koffer erinnerte, der noch immer in seinem Auto lag. Er musste ihn loswerden und zwar lieber heute als morgen. Sonst würde ihn noch jemand auf das Ding ansprechen und es wäre mit Sicherheit nicht einfach zu erklären, warum er einen Mädchen-Trolley mit roter Rose mit sich herumführte.

Er öffnete also das Gepäckstück und warf einen kritischen Blick auf den Inhalt. Bunte T-Shirts, Bikinis, Jeans und ein paar Sommerkleider - typischer Mädchenkram. *Lustig*, dachte er, irgendwie kannte er diesen *Gute-Laune-Ferienlook* gar nicht von Maja. Dann fiel sein Blick auf eine Kamera, die fein säuberlich in einer transparenten Schatulle verpackt war.

»Jackpot!«

Er machte sie an und sah sich die Bilder auf der Speicherkarte durch. Fotos von einem Brautpaar waren da zu sehen und von einer Hochzeitsfeier. Er sah genau hin, doch er kannte niemanden. *Eigenartig,* dachte er, *wen sie da wohl fotografiert hat?* Er klickte weiter, doch abgesehen von den Feierlichkeiten waren keine Bilder zu finden. Hatte sie wirklich nichts bei sich getragen? Nicht am Körper, nicht in der

Handtasche und auch nicht im Koffer? Egal, dachte er und entschied die Speicherkarte sicherheitshalber zu zerstören.

Den Koffer wollte er gemeinsam mit Majas Handtasche, die er an sich genommen hatte, außerhalb Barcelonas entsorgen, in einer kleinen katalanischen Stadt namens Santa Maria de Palautordera. Dort gab es eine riesige Mülldeponie, Tasche und Trolley würden mit Sicherheit niemandem auffallen. Außerdem lag das verschlafene Städtchen nicht weit von Granollers, und so konnte er das ganze Vorhaben noch mit einem anderen, längst überfälligen Besuch verbinden.

Zufrieden mit seinem Plan schloss er den Kofferraum und wollte gerade ins Auto steigen, als er fast von einem brünetten Mädchen umgerissen wurde, das ohne links oder rechts zu schauen um die Ecke hastete.

»Ganz schön stürmisch, Kleine!«, rief er ihr nach, doch sie war bereits in die nächste Straße verschwunden.

5. KAPITEL

Als Katie Samstag Vormittag aufwachte, war Schluss mit Sonnenschein. Dichte Wolken standen am Himmel und kündigten ein mehr oder weniger regenreiches Wochenende an, alles andere als einladend, um etwas zu unternehmen. *Toll*, dachte Katie, *war ja klar, dass das Wetter wieder umschlagen würde, jetzt wo sie endlich ein paar leichtere Sachen gekauft hatte.*

Sie beschloss die Zeit zu nutzen, um etwas Sinnvolles zu tun und begann damit, die Küche aufzuräumen. Ihre Mitbewohner würden es ihr danken. Carmen war übers Wochenende zu ihrer Familie aufs Land gefahren, und Enrico pennte noch, so wie meistens um diese Zeit. Wegen ihm musste Katie aber ohnehin nicht leise sein, denn er schlief wie ein Baby. Würde ein Zug durch die Wohnung fahren oder ein Hubschrauber am Balkon landen - Enrico würde sich maximal umdrehen, um dann tief und fest weiterzuschlafen. Katie war das nur recht, so konnte sie wenigstens gleich ihren Küchendienst hinter sich bringen, ohne dann auch noch das Frühstücksgeschirr ihres italienischen Mitbewohners mit abwaschen zu müssen. Falls man das bei seinen Aufstehzeiten überhaupt noch so nennen konnte.

Als sie fertig war, stellte sie den Besen in die Ecke und freute sich, dass die Küche nach knapp dreißig Minuten Arbeitszeit schon wieder ganz passabel aussah. Ihr frühmorgendlicher Einsatz hatte sie irgendwie in Schwung gebracht und sie war motiviert, auch gleich noch ihr Zimmer auf Vordermann zu bringen. Die Einkaufstüten und die Uni-Sachen waren rasch verräumt, das Einzige, das jetzt noch störend im Weg lag, war der schwarze Koffer mit der Rose, der aussah wie ihrer und es doch nicht war. Obwohl Carmen und Enrico ihr versichert hatten, dass verschwundenes Gepäck in über neunzig Prozent der Fälle wieder auftauchte, war ihre Zuversicht im Laufe der Woche immer weniger geworden. Außerdem war ihr Koffer ja nicht falsch verschickt, sondern offenbar von jemandem entführt worden. Und dieser jemand hatte - aus welchem Grund auch immer - anscheinend nicht vor, den Irrtum aufzuklären.

Nachdenklich starrte sie den schwarzen Trolley an und fragte sich, wem er bloß gehören mochte. Was für eine Sorte Kofferbesitzer war wohl bereit, seine Sachen einzutauschen? Noch dazu gegen ihre? Es war ja nicht so, dass sie eine exquisite Auswahl an Pariser Haute Couture im Gepäck gehabt hätte.

Katie überkam die Neugierde und sie beschloss, den Inhalt des Koffers gründlicher zu inspizieren.

Doch gerade als sie nach dem Deckel griff, wurde sie von einem Klingeln an der Tür unterbrochen. Sie hörte ihren Mitbewohner im Gang seine Freunde begrüßen, dann steckte er kurz seinen Kopf in ihr Zimmer.

»Danke fürs Aufräumen«, sagte er und schenkte ihr sein charmantestes Lächeln. »Ich geh mit Lorenzo und Dario los, um Getränke für die Party einzukaufen. Brauchst du irgendwas?«

»Danke.« Katie schüttelte den Kopf. Sie hatte gar nicht mehr daran gedacht, dass heute Abend eine Party in ihrer Wohnung geplant war.

Katie wartete ab, bis er die Tür wieder zuzog, ehe sie sich erneut dem fremden Koffer widmete. Mit großen Augen starrte sie auf die Dinge, die sie schon letzte Woche überrascht hatten.

»Unglaublich«, seufzte sie, und ließ ihre Hand über die schwarze Lederkorsage gleiten, die obenauf lag. Das Leder fühlte sich unter ihren Fingern weich an, nur die Ösen in der Mitte, durch die ein schwarzes Seidenband gezogen war, hoben sich hart und spitz hervor. Katie hob das Oberteil vorsichtig hoch, doch die darunter liegenden Kleidungsstücke sahen nicht weniger abgefahren aus. Eine Lederhose, ebenfalls mit Ösen und Schnürung versehen, passte optisch genau zur Korsage. Dann waren da noch zwei kurze Kleider, eines wie schon die anderen Teile in schwarzem Leder gehalten, das andere in rotem, glänzenden

Lack. Ein paar schwarze Jeans und enge Tops waren auch zu sehen, allerdings so klein geschnitten, dass Katie nichts damit anfangen konnte. Kopfschüttelnd legte sie den Stapel zurück in den Koffer. Die darunter liegenden Stiefel und die anderen Kleider wollte sie gar nicht mehr sehen. Wer würde so etwas anziehen?

Sie wollte schon frustriert den Koffer zumachen, da blieb ihr Blick am Innenfach des Deckels hängen, das sie ja schon von ihrem eigenen Trolley kannte. Mit einer hastigen Bewegung zog sie den Zipp auf, und war überrascht, so etwas Normales wie eine Kosmetiktasche darin vorzufinden, die ein buntes Durcheinander an Nagellacken, Lippenstiften, Wimperntuschen und sonstigem Schminkkram enthielt. Sie steckte die Kosmetiktasche zurück ins Seitenfach und wollte es gerade wieder verschließen, als ihr noch zwei andere Dinge ins Auge sprangen, die sich ganz unten, im hintersten Winkel versteckt hatten: ein MP3-Player und ein Foto von einem hübschen Mädchen.

6. KAPITEL

Tote Frau am Flughafen gefunden.

Die Überschrift der Abendzeitung war ihm sofort ins Auge gesprungen, als er am Kiosk angehalten hatte, noch mehr Aufmerksamkeit zog allerdings das Foto auf sich, das darunter abgebildet war: Maja. Es war gewiss keines ihrer besten Fotos, aber dennoch war es eindeutig sie, die die Flughafenkameras abgelichtet hatten.

Er griff in seine Hosentasche, um dem Verkäufer ein paar Münzen über die Theke zu schieben und nahm das Blatt an sich.

Am Vormittag des 25. Februar wurde am Flugha-
fen El Prat in Barcelona die Leiche der 22-jährigen
Maja Galán Rodriguez gefunden. Die aus Kolumbien
stammende Frau war in der Nacht auf den 18. Febru-
ar mit Flug 478 aus New York angekommen und
wurde in einem wegen Umbau gesperrten Teil des
Flughafens entdeckt. Nähere Umstände zu ihrem Tod
sind bisweilen nicht bekannt, ein Verbrechen wird
nicht ausgeschlossen.

Verdammt! Er ballte die Faust. Wie hatten sie das Mädchen bloß finden können? Er hatte sie doch in den Schacht geworfen! In einen Schacht, in dem sie eigentlich mit Zement übergossen und nie wieder von jemandem entdeckt werden hätte sollen! Eine Zornesfalte stand auf seiner Stirn, als er die Zeitung zusammenknüllte und in den nächsten Mülleimer warf.

»Beruhige dich«, ermahnte er sich selbst. »Es hat dich niemand gesehen. Sie können dir nichts beweisen!«

Ein schneller Blick auf seine Uhr bestätigte ihm, dass er sich sputen musste, wenn er es rechtzeitig zu seiner Verabredung im Club schaffen wollte. Er beschleunigte seinen Schritt, bis er zurück zu seinem Wagen kam.

Mit quietschenden Reifen bog er kurz darauf in die Seitenstraße ein, parkte dort, wo eigentlich niemand stehen durfte. Egal, er hatte es eilig. Schnellen Schrittes ging er am Türsteher vorbei ins Lokal, sah sich um und fand schließlich in einer schummrigen Ecke, was er suchte. Jurij hatte es sich mit einer Flasche Wodka und zwei jungen Mädchen gemütlich gemacht, beide Tänzerinnen im Club, die ihm aufreizende Blicke zuwarfen und ihm großzügige Blicke auf ihre halbnackten Brüste gewährten. Klar, dass der russische Geschäftsmann da schwach wurde. Aber zumindest schien er die Wartezeit gut wegzustecken.

»Da bist du ja endlich«, sagte Jurij knapp, als er seinen Geschäftspartner auf den Tisch zukommen sah. »Roxanna, Lídia, lasst uns alleine!«

»Möchtest du etwas trinken?«, fragte er und bot ihm ein neues Glas an, in das er großzügig Wodka goss.

»Danke!«

Einen Moment lang saßen sie sich schweigend gegenüber, spürten das Brennen, das die hochprozentige Erfrischung im Rachen zurückließ, ehe Jurij das Gespräch wieder aufnahm.

»Man hat mir gesagt, dass du gut im Organisieren bist.« Er sah seinem jüngeren Gegenüber in die Augen. »Kannst du auch speziellere Dinge organisieren?«

»Ich kann fast alles organisieren. Von welchen Dingen sprechen wir?«

»Mädchen.«

»Kein Problem. Nach was ist dir denn? Ich kann dir jede Frau besorgen, die du möchtest. Jung. Erfahren. Schwarz, blond oder rot. Groß oder klein. Mit üppigen Kurven oder…«

Ein Räuspern des Russen unterbrach seinen Redeschwall. »Ich hätte gerne ein Mädchen das… naja, sagen wir mal, das niemand vermissen würde?« Seine Stimme war leise geworden, sein Blick ernst. Er fixierte sein Gegenüber und versuchte, einzuschätzen, ob er zu weit gegangen war. Ob er vielleicht doch nicht den richtigen Mann für den Auftrag vor sich hatte.

Erleichtert registrierte er, dass der andere ruhig sitzen geblieben war und nachzudenken schien.

»Ich glaube, ich hab da jemanden«, antwortete er schließlich. »Das wird aber eine Weile dauern.«

»Ich hab Zeit«, gab der Russe zurück. »Ich bin noch bis Ende März in der Stadt.«

7. KAPITEL

Gegen Mitternacht war die Wohnung voller Leute und sogar die Zimmer wurden von plaudernden Partygästen belagert. Katie war froh, dass sie den Koffer unter ihrem Bett verstaut hatte. Nicht auszudenken, wenn jemand hineingesehen und den Inhalt entdeckt hätte! Sie lief durch die Wohnung und versuchte Aschenbecher zu leeren und benutzte Pappbecher wegzuräumen, stellte aber irgendwann resignierend fest, dass sie gegen das Chaos der partywütigen Meute keine Chance hatte.

»Entspann dich, trink was.«

Ein blonder Typ, den Katie vom Sehen her kannte, hielt ihr einen Becher Gin Tonic vor die Nase.

»Danke.«

Er setzte sich zu ihr und begann den üblichen, belanglosen Partysmalltalk, den Katie schon hundertmal gehört, aber noch nie so recht gemocht hatte. Woher kommst du? Was studierst du? Wie lange bleibst du? Wie gefällt dir Barcelona? *Blablabla,* dachte Katie, die an seinem unruhigen Blick genau sehen konnte, dass ihn ihre Antworten nicht im Geringsten interessierten. Ganz im Gegenteil, er schien nur auf einen günstigen Augenblick zu warten, um ihr seine Zunge in den Hals stecken zu können. Da sie diesen Moment nicht abwarten wollte, ergriff sie dankbar die Gelegenheit zur Flucht, als ein Partygast nach Pizza fragte.

Schade, dass Carmen nicht hier ist, dachte sie. Mit ihrer Mitbewohnerin zusammen wäre die Party sicher um einiges lustiger geworden. Die quirlige Sportstudentin mit dem dunklen Lockenkopf, schaffte es immer, Stimmung zu machen. Katie nahm einen letzten Schluck vom Gin Tonic. Ihr war langweilig.

Sie musste an das Foto denken, das sie am Nachmittag aus dem Koffer gezogen und in ihre Tasche gesteckt hatte. In einer ruhigen Ecke holte sie es hervor und sah es sich noch einmal genau an. Es zeigte eine dunkelhaarige Frau, in einem auffälligen, roten Lackkleid. Die Frau war hübsch, wirkte blass und zerbrechlich neben der knalligen Farbe des Kleides, und sehr jung. Im Hintergrund war eine Eingangstür zu erkennen, die zu einem Club zu gehören schien. *La Serpiente Negra* stand da, in großen, verschnörkelten Buchstaben, die von einer schwarzen Schlange umschlungen wurden. Katie kannte das Lokal nicht und auch die Gegend kam ihr nicht bekannt vor. Sie nahm ihr Smartphone zur Hilfe, tippte den Namen ein und bekam auch prompt einen Treffer samt Adressangabe.

Vielleicht wird diese Nacht doch noch interessant,

dachte sie und griff beim Rausgehen nach ihrem Mantel.

Katie war froh, dass die U-Bahnen zumindest am Wochenende die ganze Nacht durchfuhren und dass sie kein Geld fürs Taxi ausgeben musste. Dass sie zehn Minuten auf die nächste Bahn hatte warten müssen, störte sie dabei kaum. Sie hatte den MP3-Player aus dem fremden Koffer mitgenommen und steckte jetzt ihre eigenen Kopfhörer dran. Als sie ›Play‹ drückte, und eine stimmungsvolle Ballade der spanischen Sängerin *Amaral* erklang, war sie positiv überrascht. Nach allem, was sie im Koffer gesehen hatte, hätte sie eigentlich etwas Schrägeres erwartet. Death Metall oder so. Doch auch die folgenden Lieder waren angenehm melodisch und schwungvoll, und begleiteten Katie bei ihrem Spaziergang durch die nächtlichen Straßen Barcelonas. Nicht, dass ihr langweilig geworden wäre - selbst um diese Zeit waren im Zentrum durchwegs Stimmen, Gelächter und Radau partywütiger Einheimischer und Touristen zu vernehmen. Doch je weiter sie sich von den Hauptstraßen entfernte, desto ruhiger wurde es um sie und hätte sie nicht die beruhigenden Klänge von *Nena Daconte* aus ihren Kopfhörern gehört, wäre sie bei der ein oder anderen dunklen Gasse auf der südwestlichen Seite der Ramblas bestimmt nervös geworden.

Imme wieder stierte Katie auf die Karte ihres

Smartphones und kontrollierte, ob sich das grüne Pünktchen - sie - auch dem roten Pünktchen - dem Club - annäherte. Die Gegend wirkte so verlassen und düster, dass sie mehrmals sicher war, sich verlaufen zu haben. Doch ihr Handy bestätigte immer wieder den richtigen Kurs und irgendwann schien das grüne tatsächlich auf dem roten Pünktchen gelandet zu sein.

Katie sah sich um. Vor ihr lag nichts, das auf eine größere Bar hindeutete, geschweige denn auf einen richtigen Nachtclub. Sie musste zweimal um den kleinen Platz laufen, bis sie das Schild entdeckte, das eine Schlange zeigte, so wie sie es auf dem Foto gesehen hatte. Doch der Eingang hinter diesem Schild wirkte düster und verlassen. *Vielleicht gibt es das Lokal inzwischen ja gar nicht mehr?*, überlegte Katie. Sie wusste ja nicht, wie lange das Foto bereits im Koffer gelegen hatte. Gut möglich, dass das Lokal inzwischen längst zugesperrt hatte. Es war wirklich eine Schnapsidee gewesen, hierher zu kommen. Katie schüttelte den Kopf über sich selbst. Was hatte sie sich nur dabei gedacht? Selbst wenn sie ein geöffnetes Lokal gefunden hätte - was hätte sie sich erwartet? Wie groß war wohl die Wahrscheinlichkeit, dass ihr das Mädchen vom Foto hier und heute über den Weg laufen würde?

Sie wollte sich gerade umdrehen und kehrt machen, als die Tür aufgestoßen wurde und Licht auf die Straße fiel. Ein dunkelgekleideter Mann mit Schal und Mantel kam heraus. Er musterte Katie einen Augenblick lang, die noch immer wie angewurzelt in der Mitte des Platzes stand. Dann stieg er in ein geparktes, dunkel schimmerndes Auto und brauste davon.

Katies Herz pochte, als sie die Tür aufschob. Doch hinter der Tür erwartete sie nichts weiter als ein kurzer, spärlich beleuchteter Gang, der zu einer weiteren Tür führte. Davor stand ein zwei Meter großer Security Mann, der fast den ganzen Gang mit seiner Körpermasse versperrte und sie fixierte, während sie näher kam. Katie war sein Blick unangenehm. Sie konnte spüren, wie sie seine Augen von den Sportschuhen bis zum Pferdeschwanz musterten und wie er grimmig eine Augenbraue hochzog, als sie näher an ihn herantrat.

»Ich möchte in den Club«, sagte sie und ärgerte sich darüber, dass ihre Stimme als schüchternes Piepsen ihren Mund verließ.

»Lo siento, aber du passt hier nicht her.«

Der breitschultrige Kerl verschränkte seine Arme und sah an ihr vorbei, als ob sie Luft wäre.

»Ich suche jemanden.«

Er ignorierte sie.

Katie wollte das Foto aus ihrer Tasche ziehen, um ihn nach dem Mädchen zu fragen, aber im selben

Moment kam ein Spruch durch sein Funkgerät und er schob sie beiseite, um nach draußen zu hasten. Sprachlos blieb sie vor der verschlossenen Tür stehen und wartete unsicher ab. Doch der Muskelprotz kam nicht mehr zurück. Frustriert gab Katie auf und ging zurück auf die Straße. Den Türsteher sah sie nirgends mehr, auch sonst schien der Platz völlig menschenleer. *Was soll's,* dachte sie und wollte sich schon wieder auf den Heimweg machen, als die Tür zum Club erneut aufgestoßen wurde und ihr um ein Haar ins Gesicht schlug.

»Dios mío, entschuldige!«

Katie blickte in dunkle Augen mit langen Wimpern, die im schummrigen Licht der Laterne geradezu pechschwarz glänzten. Ein großer, attraktiver Typ mit dunklem Haar und kurzen Bartstoppeln starrte sie überrascht an.

»Bist du okay?«

Der Schreck saß ihr noch immer in den Gliedern und es dauerte eine Weile, bis sie ein Nicken zustande brachte.

»Wolltest du in den Club?« Der Mann hob herausfordernd eine Augenbraue.

Wieder nickte sie und schaffte schließlich sogar ein kleines Lächeln. Vielleicht konnte er ihr dabei helfen, hineinzukommen?

Er erwiderte nichts, stattdessen glitten seine Augen langsam an ihr nach unten. Er betrachtete ihr Gesicht und die schmalen Schultern, dann den engen, marinefarbenen Wollmantel, den sie um ihre Mitte mit einem Gürtel fixiert hatte und schließlich ihre Beine in den engen Röhrenjeans. Katie wurde heiß, während der fremde Mann sie ansah, nervös trat sie von einem Bein aufs andere. Dann riss er sich abrupt los, um ihr erneut direkt in die Augen zu sehen.

»Weißt du, was ich denke?«, fragte der Mann und erst jetzt registrierte sie wie unglaublich männlich und aufregend seine Stimme klang. Sie hob den Blick, um ihn anzusehen, hing an seinen Lippen, die erstaunlich voll waren für sein ansonsten eher kantiges Gesicht. Wieder ging ein heißes Kribbeln durch ihren Körper, während sie ihm tief in die Augen sah. Für einen winzigen Moment, hatte sie das Gefühl, sich in der Dunkelheit darin zu verlieren.

»Ich denke, du solltest nach Hause gehen. Du passt hier nicht her.«

Katie verschluckte sich fast, als seine Worte an ihr Ohr drangen. Hatte er das eben wirklich gesagt? Einen Augenblick lang sah er sie so eindringlich an, dass sie sicher war, sich verhört zu haben. Er war so nahe vor ihr, dass sie seinen maskulinen Duft riechen konnte. Seine Wärme an ihrem nackten Hals spüren. Es fühlte sich prickelnd an. Aufregend! Und sie war sicher, dass er das genauso spüren musste wie sie selbst. Doch anstatt nochmals die Lippen zu öffnen oder mit ihr gemeinsam zurück in den Club zu gehen, wandte er sich einfach ab und ließ sie stehen. Ungläubig starrte Katie ihm hinterher, während er in einer dunklen Gasse verschwand.

8. KAPITEL

»Du warst im *La Serpiente Negra*?«

Lorenzo, der goldgelockte Freund von Enrico, der schon heute Mittag hier gewesen war, sah Katie grinsend an. Die meisten Leute waren inzwischen verschwunden, die Verbliebenen hatten sich in kleinen Grüppchen auf die Zimmer der Wohnung verteilt. In der Küche saßen jetzt nur noch Lorenzo, Enrico, Katie und ein holländisches Mädchen, das schon ziemlich angetrunken wirkte und nicht mehr viel von sich gab.

»Versteh mich nicht falsch,« sagte Lorenzo, »aber nach allem, was ich von dem Club gehört habe, passt du da in deinem Look mit Sicherheit nicht hin.«

Katie sah irritiert an sich hinab. Sie trug dunkelblaue Jeans und eine bunt gemusterte Kapuzenjacke.

»Was stimmt denn nicht mit meinem Look?«

»Alles. Ich meine nichts.«

Er erntete einen irritierten Blick und bemühte sich rasch zu ergänzen: »Nein, ich meine du siehst klasse aus. Aber der Club ist ein - wie soll ich sagen - ein ziemlich extravaganter Club, wenn du weißt, was ich meine.«

Sowohl Katie als auch Enrico sahen ihn fragend an.

»Das ist so eine Art Fetisch-Laden. Da gehen die Leute in Lack und Leder hin!« Lorenzo grinste. »Kein Platz für nette Mädchen wie dich!«

Dann verschwand das Lachen aus seinem Gesicht.

»Nein, im Ernst, du solltest da nicht nochmals hingehen. Der Club hat einen schlechten Ruf und die Gegend ist gefährlich.« Er warf Enrico einen kurzen Blick zu. »Da war doch letzten Sommer was mit einer verschwundenen Touristin, oder? Ich kenne den Club, weil er deswegen Schlagzeilen machte.«

Enrico schüttelte seinen Kopf. »Keine Ahnung. Ich glaube, da war ich noch nicht in Barcelona.«

Draußen ging bereits die Sonne auf, als sich endlich die letzten Gäste verabschiedeten und Katie erschöpft ins Bett fiel. Der Traum, den sie in dieser Nacht träumte, sollte sie allerdings noch länger verfolgen.

Katie war zurück im Club. Er sah schön aus, glamourös und riesengroß, ganz anders, als es der mickrige Eingang hatte vermuten lassen. An der Decke hingen überdimensionale Luster mit hunderten von kleinen Lampen, deren Lichter bunt und munter durch den Saal tanzten und ihn in ein herrliches Ambiente tauchten. Es waren viele Leute dort, Männer, die dunkle Anzüge und Fracks trugen, Frauen, die in lange, rot fließende Umhänge gehüllt waren. Und alle trugen Masken. Auch sie selbst. Es gab Musik, die an mittelalterliche Bälle erinnerte und die Besucher veranlasste in Reih und Glied Stellung zu beziehen. Drei Schritte nach links, einmal vor und zurück. Katie wurde mitgezogen, von den springenden Tänzern im Kreis geführt. Dann verstummten alle Klänge schlagartig. Ein Gong ertönte und ließ den Boden erzittern. Die Frauen griffen nach ihren Umhängen, und auch Katie führte instinktiv ihre Hände nach oben, um die Schleife an ihrem Hals zu lösen. Beim zweiten Gong ließen alle Frauen ihre roten Roben zu Boden gleiten, und blieben splitternackt zwischen den Männern stehen. Katie konnte die Blicke spüren. Sie fühlte, wie sich die Augen in ihre nackte Haut bohrten. Es waren heiße Blicke. Gierige Blicke. Sie spürte wie sie auf ihrem Körper brannten und sie in Flammen tauchten. Gerade als sie glaubte, die Hitze nicht mehr ertragen zu können, griff jemand nach ihr und zog sie hinter sich her, quer durch den Saal. Die Frau vom Foto. Katie konnte ihr Gesicht unter der Maske nicht sehen, doch sie wusste, dass sie es war. Und sie spürte instinktiv, dass sie ihr folgen musste, dass sie ihr etwas Wichtiges zeigen würde. Doch auch die anderen schienen das zu bemerken. Immer mehr Leute drehten sich nach ihnen um und starrten sie an. Fixierten sie mit großen schwarzen Augen. Einige folgten ihnen langsam, andere stellten sich einfach in den Weg, sodass es immer schwieriger wurde, vorwärts zu kommen. Sie waren nur noch wenige Meter von der Tür entfernt, hinter der verborgen lag, was auch immer die Fremde ihr zeigen wollte. Die Frau ging unbeirrt vorwärts, ja sie schwebte fast durch den Raum, während es Katie zunehmend schwerer fiel, ihr durch die Menschenmassen zu folgen. Die Frau erreichte die Tür und sie verschwand dahinter, ohne sich noch einmal umzudrehen. Katie schob sich jetzt mit aller Kraft weiter, versuchte die Leute zur Seite zu drängen, sich irgendwie vorwärts zu hangeln. Doch sie hatte keine Chance mehr. Die Menschen hielten sie, griffen nach ihr und ließen sie keinen Zentimeter mehr weiter kommen. Sie sah die Tür hinter der Frau zufallen.

9. KAPITEL

»Du heißt Anna, richtig?«

»Ja, woher…«

»Steig in den Wagen«, unterbrach er die zierliche Blondine und hielt ihr, weil sie nicht gleich reagierte, ein kleines Bündel an Geldscheinen entgegen.

Ein Lächeln breitete sich in ihrem Gesicht aus und sie beeilte sich, zu ihm in den Wagen zu klettern. Er wusste, dass er attraktiver war, als die Freier, die sie sonst so besuchten. Und er wusste, dass er mit seinem teuren Auto, der dicken Uhr und der schicken Kleidung einen guten Eindruck machte.

»Wohin fahren wir?«, fragte das Mädchen nach einer Weile mit russischem Akzent.

»In ein Hotel«, gab er knapp zurück, doch sie schien mit der Antwort zufrieden zu sein. Wahrscheinlich war sie es gewohnt, andere Männer in irgendeiner schummrigen Seitenstraße oder direkt im Auto zu bedienen.

Anna wartete geduldig, als er mit ihr aus der Stadt raus fuhr und ein kleines Hotel im nahegelegenen Castelldefels ansteuerte. Sie stellte keine Fragen und das war gut so. Es wunderte sie nicht weiter, dass er vermeiden wollte, mit ihr gesehen zu werden. Vielleicht hatte er Familie, eine Frau oder Freundin. Egal, es spielte keine Rolle, solange er sie gut bezahlte. Und der fremde Mann schien alles andere als geizig. Er orderte Champagner aufs Zimmer und füllte großzügig ihr Glas.

»Erzähl mir von dir«, verlangte er und machte es sich auf dem Sofa gemütlich. »Wie kommst du nach Spanien?«

Anna sah ihn verwundert an. Es kam selten vor, dass sich jemand für mehr als eine schnelle Nummer mit ihr interessierte. Noch seltener, dass sie jemand nach ihrer Geschichte fragte. Bereitwillig erzählte sie dem attraktiven Mann von ihrer Familie, so gut sie das auf Spanisch konnte. Von ihrer Mutter, die viel zu früh starb und von ihrem Vater, der als Trunkenbold und Spieler seine Tochter geschlagen hatte, bis er irgendwann gar nicht mehr nach Hause gekommen war. »Ich wollte einfach nur weg. Neu beginnen«, sagte sie und bemühte sich zu einem Lächeln.

»Armes Mädchen. So ganz ohne Familie.«

Er legte einen Arm um sie und zog sie näher an sich, bis sie sich an seine Brust schmiegte. Natürlich hatte er die Einstichstellen auf ihren Armen gesehen, aber das spielte keine Rolle für ihn. Beruhigend streichelte er mit seiner Hand über ihr langes, blondes Haar, wickelte es um sein Handgelenk und zwang sie schließlich mit sanftem Druck, ihren Kopf in den Nacken zu legen. Willig gab sie sich hin, ließ zu, dass er ihren Hals küsste und schließlich ihr Dekolleté. Mit einem groben Griff riss er ihr das billige, gelbe Minikleid vom Körper und entblößte ihre schönen, festen Brüste und den flachen Bauch. Er nahm sich Zeit, ihre Rundungen zu erkunden, zeichnete mit seinem Zeigefinger die kleinen Knospen nach, die sich neugierig aufgerichtet hatten.

»Gefalle ich dir?«, fragte Anna hoffnungsvoll.

Ja, sie gefiel ihm. Sie war geradezu perfekt für das, was er mit ihr vorhatte.

»Leg dich auf den Teppich«, wies er sie an. »Spiel ein bisschen an dir herum.«

Sofort rutschte die Kleine von der Bank, um seine Anordnung zu befolgen. Es störte sie auch nicht weiter, dass er eine Kamera hervorholte, um ein paar Fotos von ihr zu machen. Im Gegenteil, es wirkte fast so, als ob sie Spaß daran hatte, sich selbst an die Brüste zu fassen und sich langsam vor ihm das Höschen auszuziehen.

»Genug«, sagte er schließlich und legte die Kamera zur Seite. »Knie dich hin.«

Wieder beeilte sie sich, ihm zu folgen, wartete geduldig in der gewünschten Position, während sie hinter sich das Rascheln einer Kondompackung hörte.

»Braves Mädchen«, lobte er, während er sich von hinten näherte. Ja, Anna war perfekt.

10. KAPITEL

Katie war die ganze Woche beschwingt, denn sie hatte einen Entschluss gefasst. Sie würde nochmals ins *La Serpiente Negra* gehen. Und dieses Mal würde sie sich adäquat kleiden. Daran konnte weder der Typ etwas ändern, der sie weggeschickt hatte, noch ihre Mitbewohner, die versuchten, ihr das Ganze auszureden oder sie zumindest davon zu überzeugen, nicht noch einen Alleingang zu unternehmen.

Katies Entscheidung stand fest. Sie konnte es kaum erwarten, dass die Zeit bis zum Wochenende verging, besuchte inzwischen brav Universität und Sportplatz, um sich abzulenken und hörte am Heimweg die Playlist des fremden MP3-Players auf und ab.

Freitag Abend kannte Katie alle Lieder und deren Reihenfolge auswendig. Sie hatte sich in ihr Zimmer zurückgezogen, um sich zurechtzumachen und ihren Mitbewohnern erzählt, sie wäre abends noch mit Studienkollegen verabredet. Sie war selbst überrascht, wie leicht ihr diese Lüge von den Lippen gekommen war, wo sie doch eigentlich überhaupt nicht gewohnt war, Märchen zu erzählen oder jemandem etwas vorzumachen. Natürlich plagte sie jetzt das schlechte

Gewissen, aber andererseits war ihre Neugierde zu groß und ihr Plan zu gut, um ihn jetzt noch von besorgten Wohnungskollegen durchkreuzen zu lassen.

Mit dem Foto des dunkelhaarigen Mädchens in der Hand stand Katie vor ihrem Spiegel. Sie wusste, wie sie aussehen musste, um, ohne aufzufallen, in den ominösen Nachtclub mit dem Schlangenlogo zu gelangen. Das Problem war bloß, dass ihr Spiegelbild ihr das exakte Gegenteil dieses Looks zurückwarf. Ihr Gesicht wirkte farblos, das lange, brünette Haar hing ihr glatt und langweilig bis über die Brust, vom Outfit ganz zu schweigen.

Katie war klar, dass sie in ihrem Schrank nichts finden würde, das ihr auch nur annähernd die Türen zum dunklen Nachtclub hätte öffnen können. Deshalb hatte sie einen Griff in den fremden Koffer gewagt, um sich ein passenderes Kleidungsstück für ihr Vorhaben auszuleihen. Ihre Wahl war auf ein kurzes, schwarzes Lederkleid gefallen. Oben war es asymmetrisch, ließ eine Schulter völlig unbedeckt, während es auf der anderen zusammenlief. Es war hauteng geschnitten und verdammt kurz. Beim ersten Blick hatte Katie angenommen, dass sie nie im Leben in das Teil hineinpassen würde, war dann aber doch positiv überrascht worden, weil es sich dehnte und an ihre Kurven schmiegte, als wäre es nur für sie gemacht worden.

Jetzt lag das Kleid auf ihrem Bett und sie zweifelte

erneut daran, ob sie es wirklich anziehen konnte. Das Kleid einer Fremden - das fühlte sich irgendwie falsch an. Auf der anderen Seite war das vielleicht ihre einzige Chance, die Besitzerin zu finden und ihr die Sachen überhaupt zu retournieren.

Katie schlüpfte ins Kleid und stellte sich vor den Spiegel. Sie war selbst überrascht, wie gut ihr Körper in dem engen Lederteil zur Geltung kam. Mit den Fingern versuchte sie, den Saum etwas nach unten zu ziehen, doch das war sinnlos. Das Kleid ging ihr knapp über den Po und wollte keinen Zentimeter mehr an Haut bedecken. *Sehr gewagt,* dachte sie. Das Kleid war mit Sicherheit aufreizender als alles, was sie bisher getragen hatte, die Spitzenunterwäsche, die sie damals von ihrem ersten Freund zum Valentinstag bekommen hatte, mit eingeschlossen.

Sie ging näher zum Spiegel, um sich die Haare zu stylen, das Gerät dafür hatte sie sich eigens von ihrer spanischen Mitbewohnerin geliehen, die es fast täglich verwendete um ihre Lockenmähne zu bändigen. Katies Verwendungszweck war allerdings das genaue Gegenteil. Sie zog das erhitzte Eisen Strähne für Strähne durch ihr langes Haar, bis es sich in großen, vollen Locken kringelte. Dann nahm sie dunkelroten Lippenstift, Eyeliner und Wimperntusche aus dem fremden Schminktäschchen, geizte nicht mit Farbe, und komplettierte ihren extravaganten Look. Es brauchte mehrere Versuche, denn Katie war nicht gerade geübt, was die Sache mit dem Lidstrich anging, aber irgendwann war die Linie dort, wo sie hingehörte. Zufrieden betrachtete Katie das Kunstwerk.

Sie ertappte sich bei der Frage, ob sie dem Typen mit den schwarzen Augen so vielleicht besser gefallen würde, falls er heute wieder im Club sein sollte, schob den Gedanken aber ganz schnell wieder beiseite. Was kümmerte es sie, wie dieser arrogante Kerl sie fand?

Katie griff nach ihren geliebten Stiefletten, stellte aber schnell fest, dass diese überhaupt nicht zum restlichen Outfit passten. Neben dem schwarzen Lederkleid wirkten sie einfach nur langweilig und spießig. Katie langte erneut in den Koffer und zog die geschnürten Stiefel hervor, die sie bereits am vergangenen Wochenende bemerkt hatte. Sie waren hoch, nicht nur was den Absatz betraf, sondern auch von der Länge des Schafts her. Außerdem waren sie eine gute Nummer zu klein. Katie quetschte sich dennoch hinein, schnürte die Stiefel hoch bis zu den Knien und warf einen neuen, noch skeptischeren Blick in den Spiegel. Diesmal war das zurückgeworfene Bild aber stimmig. Die fremden Schuhe machten sie nicht nur gute zwölf Zentimeter größer, sie verliehen ihrer gesamten Erscheinung etwas Aufregendes, Verführerisches. Etwas, das sie sonst nicht besaß.

11. KAPITEL

»Hast du ein Mädchen für mich?«

Jurijs Stimme war nicht gerade leise, aber neben der lauten Musik, die der Dj heute im Club spielten, konnte ihn ohnehin keiner außer seinem Gesprächspartner verstehen.

»Hab ich. Es wird dir gefallen.«

Jurij sah von seinem Wodkaglas hoch, als sein Gegenüber ein Foto von einem zierlichen, blonden Mädchen in seine Richtung schob, das sich lasziv am Boden rekelte. Nachdenklich strich er sich über den weißen Bart. »Wie alt ist sie?«

»Achtzehn. Offiziell zumindest.«

»Und woher stammt sie?«

»St. Petersburg.«

»Russland? Eine Russin hätte ich zu Hause auch haben können!«

»Gefällt sie dir nicht?«

»Doch.« Er hob das Foto nochmals hoch und ließ seinen Blick über das junge Ding wandern, das freudestrahlend in die Kamera lächelte. Sie wirkte unbeschwert. Fröhlich. Nichtsahnend.

»Sie ist hübsch«, gab er zu. »Ich denke, mit der kann ich was anfangen.«

»Na dann.«

Der Russe verstand die Aufforderung und griff in seine Sakkotasche, um einen Umschlag hervorzuholen. »Für den Aufwand.«

Ohne das Geld nachzuzählen, steckte es der andere ein.

»Wo finde ich das Mädchen?«

»Ich bringe sie nach der Feier morgen Abend zu dir.«

Jurij nickte zufrieden. Sein Blick war verklärt, er dachte wohl gerade an das, was er mit der hübschen, kleinen Blondine alles anstellen würde.

»Wenn du mich entschuldigst, ich muss noch jemanden sprechen.«

Fast synchron erhoben sich die beiden Männer von den schweren Lederstühlen im hinteren Bereich des Lokals.

»Warte kurz. Noch eine Frage«, sagte der Russe, als sich sein Gegenüber bereits zum Gehen abgewandt hatte.

»Ja?«

»Hat sie Familie?«

Sein Geschäftspartner schüttelte beschwichtigend den Kopf. »Mach dir keine Sorgen. Die Kleine ist schon vor ein paar Jahren von zu Hause weggelaufen. Die vermisst niemand mehr.«

12. KAPITEL

Katies Herz pochte wie wild, als sie am Türsteher vorbei ging und das *La Serpiente Negra* betrat. Er hatte nicht einmal mit der Wimper gezuckt, als sie ihn selbstbewusst gegrüßt und Einlass begehrt hatte. Dabei war es eindeutig derselbe, stämmige Kerl gewesen, der sie letzte Woche so unbarmherzig abgewiesen hatte. Er hingegen hatte sich wohl nicht an sie erinnert. Das konnte sie ihm auch gar nicht verübeln, denn heute kam sie sich ja selbst wie ein anderer Mensch vor. Die fremde Kleidung, das viele Make-up, die nackte Haut, die sie durchblitzen hatte lassen, als sie den Mantel lässig über ihre Schultern streifte. Nein, die Katie, die heute hier war, hatte nicht das Geringste mit der süßen Katie in Turnschuhen, Jeans und Sportjacke zu tun, die letzte Woche vorbei gestolpert kam. Der Trick war gelungen und Katie lächelte zufrieden.

Doch als sie einen ersten Blick aufs Innere des Clubs warf, war dieses Lächeln sofort wieder verschwunden. Dutzende Männer unterschiedlichen Alters standen an der Bar oder an den Stehtischen. Einige drehten sich um, als sie den Neuankömmling bemerkten, warfen ihr neugierige Blicke zu oder gafften ihr lüstern auf die spärlich bekleideten Kurven. Andere unterhielten sich mit Mädchen, die mindestens genauso exzentrisch gestylt waren wie Katie. Lack, Leder, hautenge Korsagen und ultrakurze Miniröcke dominierten das Bild. Dazu hohe Hacken, soweit das Auge reichte. Bloß eines unterschied die anderen Mädchen von Katie: Keines von ihnen nestelte unsicher an seinem Ausschnitt herum oder versuchte den Rock tiefer zu ziehen.

Nachdem ihr die Blicke von Sekunde zu Sekunde unangenehmer wurden, schlüpfte Katie zwischen ein paar plaudernden Geschäftsmännern durch an die Bar, um sich einen Drink zu bestellen. Natürlich wusste sie, dass ihr Outfit geradezu nach Aufmerksamkeit schrie, aber jetzt live in dem Club zu stehen und von allen Seiten gemustert zu werden, war doch noch einmal ganz anders, als sie sich vorgestellt hatte.

Der Barkeeper lächelte sie freundlich an, als sie nach Gin Tonic verlangte. *Etwas in der Hand zu haben würde sie bestimmt beruhigen,* überlegte sie. *Oder zumindest davon abhalten, ständig mit den Fingern in ihre Haare zu gehen oder sonst irgendwie die eigene Nervosität nach außen zu tragen.*

»Zwölf Euro«, wollte der Kellner und Katie schob das Geld über den Tresen. Billig war das nicht, aber damit hatte sie schon gerechnet. Während sie auf ihr Getränk wartete, beobachtete Katie die Leute um sich herum. Aufmerksam musterte sie ein Mädchen nach dem anderen. Doch die dunkelhaarige Schönheit vom Foto konnte sie nirgendwo entdecken. Ein paar Mal musste sie genau hinsehen, weil es viele hübsche Exotinnen gab, die in Lack und Leder der Gesuchten sehr ähnlich kamen. Doch auf den zweiten Blick war doch nicht die Richtige dabei. Katie registrierte Gespräche, Küsse, Berührungen. Sah einem Mann nach, der seiner Partnerin auf den in Latex gehüllten Hintern griff, während er sie durch eine der Türen in ein Hinterzimmer schob. *Ein Separee,* schoss es ihr und sie sah schnell zurück zum Barkeeper, der ihr den Drink überreichte.

Katie nahm einen großen Schluck und ließ den Blick weiter über die Bar schweifen, bis er schließlich an einem hübschen, blonden Mädchen hängen blieb, das zielstrebig auf einen sportlichen, dunkelhaarigen Mann zusteuerte. Die Blondine begrüßte ihn überschwänglich, flüsterte ihm Dinge ins Ohr, die ihn, seinem Gesichtsausdruck nach, jedoch nicht besonders zu beeindrucken schienen. Fast gelangweilt sah er auf sein Handy, dann auf den auffälligen Siegelring mit dem Schlangensymbol, den er an seinem Daumen trug.

»Neuer Look?«

Katie fuhr herum und erkannte sofort die pechschwarzen Augen wieder, die sie letzte Woche bis in die Träume verfolgt hatten. Neugierig wanderten die dunklen Augen über ihr Dekolleté und ihre Rundungen, die sich durch das weiche Lederkleid drückten. Sofort breitete sich wieder diese eigenartige Hitze in ihrer Mitte aus und Katie verfluchte ihre Nervosität. Wieso schaffte es dieser Typ bloß, sie derart aus der Fassung zu bringen? Noch dazu, wo sie sich letzte Woche so sehr über seine unverschämte Abfuhr geärgert hatte! Sein Blick blieb eine Sekunde länger als nötig an ihren Stiefeln hängen.

»Interessante Schuhe«, murmelte er und sah sie an, als ob er auf eine Erklärung wartete.

»Mhm«, gab sie knapp zurück.

Sie hatte wirklich keine Lust, ausgerechnet mit ihm über ihre Stiefel zu sprechen. Eine Weile schwiegen sie sich nur an, ließen gemeinsam den Blick durchs Lokal schweifen, bis sich ihre Augen wieder fanden und Katie erneut das Gefühl hatte im schwarzen Meer zu ertrinken.

»Wieso bist du zurückgekommen?«, fragte er.

»Ich suche jemanden«, sagte sie wahrheitsgemäß.

»Jeder sucht jemanden«, entgegnete er ruhig.

Katie zuckte die Schultern. Kurz spielte sie mit dem Gedanken, ihm das Foto vom dunkelhaarigen Mädchen zu zeigen, doch noch ehe sie es aus der Tasche ziehen konnte, wandte er sich erneut von ihr ab.

»Geh weg, so lange du kannst!«, rief er ihr über die Schulter zu. »Das hier ist nichts für dich!«

Katie ballte automatisch die Hände zu Fäusten, als

sie ihm nachsah, wie er durch eine Tür verschwand, auf der deutlich ›Kein Zutritt‹ stand. Was zum Teufel bildete sich dieser Typ bloß ein?

Als ob er entscheiden könnte, wer hier sein durfte und wer nicht! Sie war angezogen wie alle hier, sie hatte für ihr Getränk bezahlt und sie hatte das gleiche Recht diesen Club zu besuchen wie jeder andere auch! Aus Protest leerte Katie ihren Gin Tonic in einem Zug runter und beschloss, sich gleich noch einen zweiten zu bestellen. Sie würde hier bleiben, so lange sie wollte. Und das konnte ihr dieser arrogante Typ nicht verbieten!

»Mach dir nichts draus«, hörte sie die Stimme des Barkeepers neben sich, der anscheinend mitbekommen hatte, was passiert war, »der hatte einfach eine stressige Woche.«

»Wer ist das?«, fragte sie, als sie sich wieder einigermaßen gefangen hatte.

»Ángel«, entgegnete er und stellte einen neuen Drink vor sie auf die Theke. »Ihm gehört der Laden.«

Als Katie vor dem Spiegel des Waschraumes stand, war es bereits nach zwei Uhr morgens und ihr Gesicht sah noch viel fremder aus, als sie in Erinnerung hatte. »Verdammt, was mach ich nur?«, fragte sie das unheimliche Mädchen im Spiegel. Die Zeit war verstrichen und sie war ihrem Ziel kein bisschen näher gekommen. Immer wieder hatten sie Leute angesprochen, auch das eine oder andere Getränk ausgeben wollen, doch ihre Frage nach dem Mädchen am Foto hatte keiner beantworten können. Ein Mann hatte sie hingehalten und ihr seinerseits viele neugierige Fragen gestellt, ehe er zugab, die Dunkelhaarige gar nicht zu kennen. Zwei andere hatten gemeint, die Frau hier gesehen zu haben, allerdings wussten sie nicht mehr wann das war. *Vielleicht ist sie kein Stammgast,* dachte Katie, obwohl die Kleider in dem Koffer doch etwas anderes vermuten ließen. So oder so, sie kam hier nicht weiter und es schien wohl das Beste, den Abend an dieser Stelle abzubrechen.

Während sie mit dem Mantel am Arm in Richtung Ausgang ging, ließ sie ihre Augen ein allerletztes Mal durch den Club wandern, doch auch dieses Mal fand sie nicht, wonach sie suchte. Weder das exotische Mädchen, noch der Typ mit den pechschwarzen Augen waren hier. Seufzend trat sie aus der Tür und wurde dabei fast vom bulligen Türsteher überrannt, der im selben Moment nach drinnen hastete. Dann fiel die schwere Tür ins Schloss und versperrte die düsteren Metall-Klänge wieder vor der Außenwelt. Einen Augenblick lang lehnte sich Katie gegen die schmutzige Wand des Gebäudes, sog die Nachtluft tief in ihre Lungen und starrte in den dunklen Himmel. Was für ein Abend!

Langsam, weil die zu kleinen Stiefel inzwischen unerträglich geworden waren, ging sie über den Platz zurück in die Gasse, die Richtung Ramblas führte. Selbst wenn sie sich ein Taxi nach Hause leisten wollte, hatte sie eine gute Viertelstunde Fußmarsch vor sich, um zurück zur Hauptstraße zu gelangen, wo sie eines anhalten konnte. Eine Aussicht, die jeden Schritt gleich noch ein bisschen schmerzvoller machte.

In Gedanken war Katie längst woanders, als sie plötzlich einen Stoß spürte und gegen die raue Wand eines hässlichen Eckhauses stolperte, das so aussah, als wäre es seit Jahren nur von Ratten bewohnt worden. Instinktiv nahm sie ihre Hände nach oben, wollte sich abstützen, ihren Fall an der unverputzten Mauer bremsen, doch die viel zu hohen Schuhe machten ihr einen Strich durch die Rechnung. Noch während sie nach vorne taumelte, knickte sie um und fiel so ungeschickt, dass sie erst mit der Schläfe gegen die Wand und dann mit dem Knie auf den Boden schlug. Im Fallen spürte sie eine Hand auf ihrer Schulter und dachte erst, derjenige, der gegen sie gerannt war, wolle ihren Sturz abfangen oder ihr zumindest wieder hoch helfen. Doch dann ging alles ganz schnell. Die fremde Hand riss ihr die Tasche von der Schulter und als Katie aufblickte, sah sie den Typen nur noch von hinten.

»Bist du in Ordnung?«, fragte eine Stimme hinter ihr.

»Meine Tasche!«, stammelte sie, während sie herumfuhr und überrascht feststellte, dass Ángel vor ihr stand, der attraktive, düstere Clubbesitzer.

»Bist du verletzt?« Seine schwarzen Augen hatte er besorgt zusammengekniffen, die Stirn lag in Falten.

»Mir geht`s gut. Aber meine Tasche!«

Er sah noch einmal zu ihr, dann drehte er sich um und stürzte in die Richtung, in die eben der Dieb gerannt war. Katie blieb verdutzt zurück und sah ihm nach. Sie zweifelte keine Sekunde daran, dass es dem Mann gelingen würde, ihre Tasche zurückzuholen. Er war viel größer als der andere Typ, breiter gebaut und kräftiger. Nicht, dass die Tasche wahnsinnig wertvoll gewesen wäre, Katie hatte weder viel Bargeld mit, noch ihr Mobiltelefon. Und die U-Bahnkarte steckte im Mantel. Einzig zwei Dinge waren es wert, dem Kerl nachzulaufen: ihr Wohnungsschlüssel und das Foto.

Als Ángel zurückkkam, hatte sich Katie auf die kleine Ablagefläche vor einem eingeschlagenen Fenster am Nachbarhaus gesetzt. Was den Zusammenstoß mit der Mauer betraf, hatte sie Glück gehabt. Viel mehr als ein paar Kratzer hatte ihre Schläfe nicht abbekommen. Was ihre Beine anging, sah die Sache leider anders aus. Ihr linker Knöchel schmerzte vom Umkippen und das Knie war aufgeschlagen und blutig. Das hatte selbst der hochgeschnittene Stiefel nicht verhindern können.

»Deine Tasche«, sagte er und überreichte ihr stolz

den kleinen schwarzen Beutel. »Und jetzt lass mich mal deine Verletzung ansehen.«

»Danke.« Katie drückte die Umhängetasche an sich, während sich Ángel vor sie auf die Straße kniete, um einen Blick auf ihr Knie zu werfen. Es war eigenartig, ihn in dieser Position zu sehen. Überhaupt war seine plötzliche Fürsorge ganz schön schräg. Vor nicht einmal zwei Stunden hatte er ihr schließlich nahe gelegt, zu verschwinden.

»Sieht schlimmer aus, als es ist«, stellte er fachmännisch fest, »aber die Wunde gehört gereinigt. Hast du ein Desinfektionsmittel daheim?«

»Keine Ahnung.« Zu aufgewühlt, um darüber nachzudenken, ließ sich Katie von ihm hoch helfen, plumpste allerdings gleich darauf wieder zurück auf die Kante, weil ihr Knöchel noch immer schmerzte.

»Na gut, dann machen wir das anders.« Einen Moment lang sah er ihr in die Augen und löste damit erneut ein süßes Ziehen in ihrer Mitte aus. »Wie heißt du?«

»Katie.«

»Ich bin Ángel.«

Noch bevor sie protestieren konnte, hatte er eine Hand in ihren Rücken, die andere unter ihre Knie geschoben und hob sie hoch.

»Was machst du?«

»Mein Auto steht gleich da drüben ums Eck. Ich bring dich heim!«

Katie war die Situation unangenehm. Sie wollte weder zu dem fremden Mann ins Auto steigen, noch ihm ihre Adresse sagen. Aber was blieb ihr übrig? Wenn ihre Füße vorher geschmerzt hatten, war es jetzt unvorstellbar, auch nur bis zur Hauptstraße zu laufen. Widerspruchslos ließ sie sich von ihm also um die Ecke tragen, bis er vor einem großen, schwarzen Cabrio stehenblieb und sie auf den Beifahrersitz setzte. *Ein Sportwagen?*, ging es Katie durch den Kopf. *Wer lässt in dieser gottverdammten Gegend einen nagelneuen Sportwagen stehen?*

13. KAPITEL

»Das ist nicht der Weg zu meiner Wohnung!«

Das Auto war zwar irgendwo in der Nähe, aber es steuerte nicht auf die Adresse zu, die sie genannt hatte. Nach einem halben Jahr in Barcelona kannte Katie das Viertel inzwischen gut genug, um das beurteilen zu können.

»Warum hältst du?«, fragte sie, als der Wagen vor einem eleganten Eckhaus zu stehen kam.

»Wir machen einen kurzen Stopp, um deine Wunden zu verarzten.«

»Bist du Arzt oder was?« Belustigt hob Katie die Augenbrauen, doch sein Gesichtsausdruck verriet, dass er das keineswegs so abwegig fand.

»Ich hab ein paar Semester Medizin studiert«, sagte er ernst, »also mit einem aufgeschlagenen Knie und einem verstauchten Knöchel sollte ich klar kommen.«

Das war ein Argument. Katie wartete bis er den Wagen abgestellt hatte und ließ sich von Ángel beim Aussteigen helfen. Vom Nachtportier des Hauses wurden sie freundlich begrüßt, als sie vorbei an der Marmorwand mit dem großen Spiegelstreifen bis zum Lift gingen. Katie konnte inzwischen zwar wieder auftreten, aber dennoch war sie froh von ihrem

Begleiter gestützt zu werden.

»Warum hast du aufgehört?«, fragte sie, während Ángel eine Art Chipkarte einschob, damit der Aufzug sich in Bewegung setzte. »Mit Medizin meine ich.« »Ich komme aus keiner wohlhabenden Familie. Ich musste nebenbei arbeiten, um mir das Studium zu finanzieren. Ich habe alles gemacht: Taxifahren, Kellnern, Türstehen. Richtig gut verdient habe ich aber erst, als ich auf den Club gestoßen bin. Tja, die Arbeit wurde mehr, das Geld auch. Und meine Unibesuche wurden irgendwann weniger. Als sie mir angeboten haben, den Club zu übernehmen, habe ich mich dafür entschieden und die Uni geschmissen.«

Katie staunte nicht schlecht, als die Lifttür wieder aufging und sie direkt in einer Wohnung standen.

»Du wohnst im Penthouse?«

Ángel nickte.

»Dann war es wohl die richtige Entscheidung, den Club zu übernehmen«, murmelte sie, obwohl er sie nicht mehr hören konnte, weil er bereits die Treppe nach oben verschwunden war.

Neugierig ließ sie ihren Blick durch das Zimmer schweifen, bestaunte die Galerie und die auf Hochglanz polierte weiße Designerküche, die so unberührt aussah, als ob sie noch nie verwendet worden wäre. Mit einer schicken Bar ging die Küche ins Ess- und Wohnzimmer über, wo eine überdimensionale schwarze Ledercouch genauso unberührt die Ecke zierte. Davor stand ein runder Glastisch, auf dem fein säuberlich sortiert, diverse Magazine lagen. Die Wohnung wirkte elegant, aber kühl. Lediglich die buschigen Palmen brachten Leben in den Raum. Katies Blick blieb an einem Gemälde hängen, das direkt über der Couchlandschaft hing und passend zur Einrichtung in nobler Zurückhaltung glänzte. Schwarz, weiß und grau waren die dominierenden Farben. Nur ein roter Farbklecks in der Mitte machte das Bild interessant. *Was ist das?*, fragte sich Katie und trat näher. Doch im selben Augenblick hörte sie Schritte und sah, dass Ángel bewaffnet mit Verbandmaterial, Desinfektionsmittel und Salbe die Holztreppe zu ihr herunter kam.

»Setz dich«, sagte er und drückte sie sanft auf die Couch, bis das schwarze Lederkleid mit dem weichen Bezug verschmolz. Behutsam zog er ihr den Stiefel aus und begutachtete ihren linken Knöchel.

»Tut das weh?«, er drückte sanft ihre Schaufel zurück und sah sie fragend an. Katie verneinte. Vorsichtig tastete er ihren Fuß ab und bog ihn in alle Richtungen durch. Wieder schüttelte Katie den Kopf, die Schmerzen waren nicht schlimmer geworden.

»Die Bänder sind in Ordnung«, sagte er schließlich, »höchstens ein wenig überdehnt. Aber ich denke, morgen spürst du das gar nicht mehr.«

»Es tut jetzt schon kaum mehr weh«, stimmte sie zu.

Dafür war der Schmerz umso größer, als er die kleinen Steinchen aus der Wunde auf ihrem Knie holte, die sich dort angesammelt hatten.

»Achtung das brennt jetzt«, warnte er, dann spürte sie auch schon wie die Flüssigkeit sich in ihre Haut fraß, als wäre sie Säure.

Katie biss die Zähne zusammen, denn es folgten noch ein paar weitere Durchgänge, bis ihre Wunden desinfiziert und fachmännisch verbunden waren.

»Ich denke nach der Operation hast du dir wirklich einen Drink verdient. Magst du Wodka Lemon?«

Katie nickte und starrte ihm nach, als er zur offenen Küche ging. Sie war sich nicht sicher, was sie mehr verwirrte. Die Tatsache, dass der Kühlschrank nichts weiter enthielt, als eine Flasche Absolut, die er jetzt großzügig mit Limonade vermischte, oder die plötzliche Wende in seinem Verhalten. Wieso war er jetzt so freundlich zu ihr, wo er ihr doch noch vor ein paar Stunden nahegelegt hatte, aus seinem Club zu verschwinden?

»Salud, Katie«, sagte er als er ihr das elegant gebogene Longdrinkglas in die Hand drückte und sein eigenes Getränk gegen ihres stieß. »Auf einen merkwürdigen Abend, der sich doch noch zum Guten gewendet hat.«

Schon mit dem ersten Schluck wusste Katie, dass der Drink zu viel für heute war. Er war nicht stark gemischt aber zusammen mit den beiden Gin Tonics, die sie im Club getrunken hatte, war es definitiv mehr Alkohol als sie gewohnt war und mehr, als ihr gut tun würde. Trotzdem wollte sie höflichkeitshalber zumindest ein paarmal daran nippen, um ihren Retter nicht zu enttäuschen.

»Du hast eine tolle Wohnung«, sagte sie, nachdem er ihrem Blick über die kunstvoll geschnitzten Skulpturen am schwebenden Wandregal gefolgt war.

»Danke. Dabei hast du das Beste noch gar nicht gesehen!«

Er sprang hoch und griff nach einer Fernbedienung, mit deren Hilfe er die Vorhänge zur Seite fahren ließ, bis eine Glasfront zum Vorschein kam. Dann drückte er einen anderen Knopf und stellte das Licht aus. Ungläubig sprang Katie auf und starrte durch die Fensterwand, hinter der ihr die halbe Stadt zu Füßen lag.

»Das ist unglaublich!«

Noch nie hatte sie eine derart tolle Aussicht gesehen, abgesehen vielleicht vom New Yorker Empire State Building, das sie irgendwann einmal mit ihrer Schulklasse besucht hatte.

»Schöne Stadt, oder?«

Katie nickte und drückte ihre Nase an die Scheibe. »Ich liebe Barcelona!«

Eine Weile stand sie nur da und starrte hinaus in die Dunkelheit, die von unzähligen Lichtern durchbrochen wurde. Seitlich erkannte sie Passeig de

Gràcia, einen breiten Boulevard mit unzähligen Boutiquen, die tagsüber zahlungskräftige Kundschaft anlockten.

»Was machst du normalerweise?«, fragte Ángel. »Ich meine, wenn du dich nicht gerade in zwielichtigen Nachtclubs herumtreibst!«

»Ich studiere Wirtschaft an der Esade«, sagte Katie wahrheitsgemäß und wünschte sich einen Augenblick lang, ihm etwas Aufregenderes erzählen zu können.

»Erasmus?«

Sie nickte und seine Gesichtszüge erhellten sich. Das schien genau ins Bild zu passen, das er von ihr hatte.

»Und was bringt eine süße, unschuldige Studentin dazu…«, er machte erneut eine Pause um seine Augen über ihr Kleid wandern zu lassen, »einen solchen Club aufzusuchen?«

»Vielleicht bin ich ja gar nicht so süß und unschuldig. Vielleicht verbringe ich jede Nacht in solchen Clubs«, gab sie zurück und biss sich im gleichen Moment auf die Lippe. Hatte sie das gerade wirklich gesagt?

Ángel musste grinsen und sie lachte ebenfalls. Okay, das hatte er ihr wohl nicht abgenommen. Katie seufzte. Dann holte sie das Foto aus ihrer Tasche und hielt es ihm vor die Nase.

»Ich suche das Mädchen«, sagte sie.

Ángels Augen blieben einen Moment lang an dem Foto hängen.

»Kennst du sie?«, fragte Katie voller Hoffnung.

»Nein.«

»Aber du hast sie gerade so angesehen als ob…«

»Ich bin mir nicht sicher«, sagte er und gab ihr das Foto zurück, »vielleicht hab ich sie mal im Club gesehen. Wieso suchst du sie?«

»Ist sie öfter dort?« Plötzlich fühlte sich Katie hellwach.

Doch Ángel schüttelte seinen Kopf. »Nein. Das muss schon lange her sein.«

»Hast du eine Idee, wo ich sie finden kann?«

»Keine Ahnung. Was willst du denn von ihr?«

»Lange Geschichte.«

Er sah, wie die Enttäuschung ihre Mundwinkel wieder nach unten zog. Sie wirkte nicht so, als ob sie Lust hätte, ihm Näheres zu erzählen. Er ließ sein Glas erneut gegen ihres klirren, ehe beide den Blick wieder hinunter auf die schlafende Stadt richteten. Für einen winzigen Moment streifte dabei sein Arm den ihren. Kurz genug, um als zufällige Berührung durchzugehen. Lange genug, um ein heißes Prickeln durch ihren Körper zu jagen.

»Ich denke, es ist besser, ich gehe jetzt«, sagte Katie schnell und stellte das Glas zurück auf ein weißes Hochglanz-Küchenkästchen. Mit einem Griff hatte sie ihre Tasche geschnappt und stand vor dem Lift. Doch noch bevor sie den Knopf drücken konnte, stand Ángel neben ihr.

»Den solltest du lieber überziehen.« Galant half er ihr in den dunkelblauen Mantel. »Ich bring dich nach Hause.«

Katie wollte protestieren, doch es half nichts. Er ließ es sich nicht nehmen, sie bis vor Ihre Haustür zu fahren und selbst dort wartete er, bis sie im Treppenhaus verschwunden war.

14. KAPITEL

Was für ein Abend! Noch vor der Wohnungstür schlüpfte Katie aus den Stiefeln und schlich leise in ihr Zimmer. Sie hatte weder Lust, ihren Mitbewohnern über den Weg zu laufen, noch, irgendwelche Fragen zu ihrem extravaganten Ausgeh-Look zu beantworten. Überhaupt hatte sie nur auf eines Lust: Ins Bett zu fallen und zu träumen.

Obwohl sie sich noch immer etwas benommen vom Alkohol fühlte, den sie im Laufe des Abends getrunken hatte, dauerte es lange, bis sie zur Ruhe kam. Immerzu drehten sich die Bilder in ihrem Kopf. Das Mädchen, das früher irgendwann einmal im *La Serpiente Negra* war. Ángel, der sie erst so dreist abgewiesen und dann so nett aufgesammelt hatte. Sein Penthouse. Seine tiefe Stimme. Seine dunklen Augen.

Unruhig wälzte sich Katie im Bett hin und her, dachte nach über den geheimnisvollen Mann und die geheimnisvolle Frau, die mit jeder neuen Information noch mysteriöser zu werden schienen. Er wollte Arzt werden, ging es Katie durch den Kopf. Wer würde das für einen Job in einem so zwielichtigen Lokal aufgeben? Und konnte man sich von den Clubeinnahmen wirklich so einen Lifestyle leisten?

15. KAPITEL

Auch in einem anderen Schlafzimmer, ein paar Blocks weiter, brannte in dieser Nacht das Licht noch bis weit nach vier Uhr morgens. Unruhig drehte sich der Besitzer von einer Seite zur anderen und konnte nicht so recht abschalten. Wenn er die Augen schloss, sah er Maja vor sich. Dunkles Haar. Dunkle Augen. Dumpfe Schreie, die niemand gehört hatte.

Er hatte das Bild vergessen wollen, das ihn seit jener Nacht am Flughafen verfolgte und er hatte es beinahe geschafft. Bis ihm dieses eigenartige Mädchen mit den blauen Augen einen Strich durch die Rechnung gemacht hatte. Ein Mädchen, das überhaupt nicht ins *La Serpiente Negra* passte. Ein Mädchen, das er sich viel besser zu Hause vor dem Schreibtisch mit der Nase in irgendeinem Buch vorstellen konnte.

Doch es war dort gewesen und hatte Fragen gestellt. Harmlose Fragen, aber dennoch Fragen, die ihm gefährlich werden konnten.

Er stand auf, um sich ein Glas Wasser zu holen, stellte sich damit eine Weile ans Fenster und starrte hinaus in die Dunkelheit, so als ob er dort seine Antwort finden hätte können.

»Wer bist du?«, fragte er in die Stille. »Woher hast du das Foto? Wieso suchst du Maja?«

16. KAPITEL

»Es ist dort hinten.«

Er öffnete die Tür der Beifahrerseite und deutete auf ein finsteres Gebäude auf einem abgelegenen Grundstück, das von außen wirkte, als wäre es seit Jahren nicht mehr bewohnt worden. Anna folgte seinem Blick.

»Da drinnen?«

Er nickte und hielt ihr ein Bündel Geldscheine hin. »Hier, das ist die erste Hälfte. Den Rest gibt's, wenn ihr fertig seid.«

Das zierliche Mädchen griff nach den Banknoten und stieg aus dem Wagen. Annas Gesichtsausdruck war die ganze Fahrt über ausdruckslos gewesen, doch jetzt war ihr die Freude über den Lohn deutlich anzumerken. Es war viel Geld, das ihr der Mann gegeben hatte. Für so viel Kohle musste sie ansonsten eine ganze Menge Schwänze lutschen.

»Los, geh rein. Dein Kunde wartet schon.«

Ohne sich noch einmal umzudrehen machte sie sich auf den Weg und sah dabei von hinten aus wie eine Traumwandlerin. Heute Abend hatte sie sich besonders rausgeputzt, soweit man das von einer drogensüchtigen Straßennutte sagen konnte. Sie trug kniehohe, weiße Lackstiefel, eine ebenso weiße Bluse, die sie vorne über dem Bauchnabel verknotet hatte, und dazu einen rot karierten Minirock, der ebenso gut als breiter Gürtel durchgegangen wäre. Ihr hellblondes Haar wirkte frisch gewaschen oder zumindest ordentlich frisiert, die dunkelgeschminkten Augen und der blutrote Lippenstift ließen sie aussehen wie die groteske Karikatur eines kleinen Schulmädchens.

Sie war fast bei der Tür, als sie hörte, wie der Wagen mit quietschenden Reifen davon fuhr.

»Hallo?«

Die Tür war nicht abgesperrt, also ging sie ein paar Schritte ins Haus. Dunkelheit empfing sie. Etwas verängstigt sah sie sich um, irgendwo musste der Mann doch stecken, der sie bezahlt hatte! Oder war er am Ende noch gar nicht hier? Das Haus stand so gut wie leer. Die paar Möbel die es beherbergte, waren mit Plastikplanen abgedeckt. Es war klar, dass niemand hier wohnte. Vielleicht war es ein Wochenendhaus, das nur im Sommer benutzt wurde. Ein Ort, der dem Besitzer wohl ideal erschien, um den Aktivitäten nachzugehen, die er vor seiner Familie lieber geheim hielt.

Anna zuckte zusammen, als sie die Tür hinter sich ins Schloss fallen hörte. Sie hatte niemanden kommen gesehen.

»Hallo?«, rief sie erneut, während sie nach der

Klinke griff, um die Tür wieder aufzumachen. Doch es ging nicht. Die Tür war abgesperrt. Angst stieg in ihr hoch, als sie begriff, dass sie eingesperrt war und sie rüttelte panisch am Türknauf. Erst ein neuerliches Geräusch ließ sie herumfahren und direkt in eine Kamera blicken.

»Hola Anna«, hörte sie eine dunkle Stimme. »Sag uns, wie es dir heute geht.«

Ihr Herz klopfte bis zum Hals, als sie den Mann hinter der Kamera erblickte. Oder besser gesagt die Gasmaske, die er trug.

»Was soll das?«, fragte sie in gebrochenem Spanisch, sie war so aufgeregt, dass ihr die Worte nicht mehr richtig über die Lippen kommen wollten. Antwort bekam sie ohnehin keine. Der Mann tat nichts weiter, als jede Regung und jede Emotion ihres Gesichtes einzufangen.

»Lassen Sie mich raus«, verlangte sie, denn die Sache war ihr inzwischen mehr als unheimlich. Sie hatte schon viele eigenartige Männer kennengelernt, einige ausgefallene Wünsche befriedigt. Aber das hier… Wieder rüttelte sie an der Tür. »Lassen Sie mich gehen, verdammt!«

»Das geht nicht«, antwortete die dunkle Stimme jetzt auf Russisch, »wir werden noch viel Spaß miteinander haben! Sieh mal, Doctor Pain ist auch schon eingetroffen!«

Annas Blut schien in ihren Adern zu gefrieren, als

sie seinem Fingerzeig folgte und am anderen Ende des Vorraums noch einen zweiten Mann sah, der ebenfalls eine Maske trug. Kamera hatte er keine, dafür hielt er eine schwere Eisenkette in der einen Hand, ein langes, scharfes Messer in der anderen.

Panisch sah Anna von einem Mann zum anderen, dann begann sie zu laufen. So schnell sie konnte, stürzte sie vom Vorraum in das dahinter liegende Zimmer, rannte zum Fenster nur um festzustellen, dass es von innen mit Holzbrettern vernagelt war. Sie zerrte am Holz, doch noch bevor sie irgendeinen Erfolg damit hatte, packten sie grobe Männerhände von hinten und hielten sie fest.

Anna begann zu schreien. Sie brüllte aus Leibeskräften um Hilfe, doch dafür erntete sie nur ein spöttisches Lachen. »Hör auf damit«, sagte der Mann, der sie festhielt, »hier hört dich sowieso niemand!«

»Lass sie ruhig schreien«, mischte sich der andere Kerl mit der Kamera ein. »Das kommt gut im Film.«

Anna verstand gar nichts mehr. Sie schrie weiter, während sie von dem Mann auf den Boden geworfen wurde. Sie versuchte aufzustehen, doch er packte sie an den Haaren und zerrte sie zurück auf das mit Folie abgedeckte Parkett. Sie strampelte wie verrückt, als er sich über sie kniete, sodass die Maske ganz nahe an ihrem Gesicht war. Doch er war groß und schwer, gegen sein Körpergewicht hatte sie keine Chance. Mit einem schnellen Griff packte er ihre Arme und schlang ihr die schweren Ketten um die Handgelenke. Ihre Schreie gingen allmählich in ein leises Wimmern über.

»Bitte nicht«, flehte sie vergebens.

Sie zappelte wie ein Käfer am Rücken, als der Fremde begann ihr die Kleidung vom Körper zu reißen, während der andere unablässig seine Kamera über ihre blanke Haut wandern ließ. Die beiden schienen sich an ihrer Nacktheit zu weiden und noch mehr an ihrer Angst.

Sie zitterte, als der Mann über ihr seine Hose öffnete und doch hoffte sie, dass der ganze Spuk nach einer schnellen Nummer vorbei sein würde. *Er bezahlte eine Menge*, dachte sie, *vielleicht ist das hier sein Fetisch, den ich dafür bedienen muss!*

Doch als sich das Messer zum ersten Mal schmerzvoll in ihr Fleisch schnitt und sie das warme Blut auf ihrer Haut spürte, wusste sie, dass ihre Hoffnung nicht das Einzige war, das in diesem Raum sterben würde.

17. KAPITEL

Wie jeden Montag saß Katie müde in der Frühvorlesung zur Spanischen Wirtschaftsgeschichte. Wieder einmal verfluchte sie sich selbst dafür, nicht den späteren Kurs gewählt zu haben, wo sie doch genau wusste, was für ein Morgenmuffel sie war. Heute war es ihr ganz besonders schwer gefallen, aufzustehen. Nicht, dass sie gestern gefeiert hätte, eigentlich war das Wochenende doch relativ ruhig und unspektakulär verlaufen. Abgesehen von Freitagabend natürlich, als sie in den Club gegangen war.

Samstag und Sonntag hatte sie dafür zu Hause bei ihren Mitbewohnern verbracht, hatte mit ihnen einen Abend lang *Trivial Pursuit* gespielt und den zweiten ihrer Mitbewohnerin zuliebe mit einem *Crepúsculo* DVD-Marathon verbracht, bei dem Enrico nach der ersten halben Stunde panisch Reißaus genommen und das Wohnzimmer seinen schmachtenden Kameradinnen überlassen hatte. So oder so, die ersten drei Teile hatten den Abend gefüllt und die Mädchen bis weit nach Mitternacht beschäftigt. Carmen war das egal, ihr erster Sportkurs begann montags erst um elf. Nur Katie hatte sich tapfer den Wecker gestellt und sich am nächsten Morgen mit einem gründlichen

Schlaf-Defizit in die Küche geschleppt, um ihre Lebensgeister mit Enricos italienischem Espresso wach zu rufen. Die Wirkung hielt leider nur kurz, denn während der vollbärtige Professor in einem undeutlichen Catalán von der Zeit nach Franco erzählte, kämpfte sie schon wieder mit dem Schlaf. Obwohl sie seit fast acht Jahren Spanisch gelernt hatte und ihr noch nicht einmal Wirtschaftsthemen irgendeine sprachliche Schwierigkeit bereiteten, sah das bei Catalán, der Sprache, die in Barcelona verbreitet ist, doch etwas anders aus. Und wenn Professor García Bornes am Vortragen war, dann gab sie lieber gleich auf. Die regionale Sprache gepaart mit seiner undeutlichen Ausdrucksweise war einfach zu viel für Montagmorgen. Da konnte sie sich die Anstrengung gleich sparen und später zu Hause in ihren Unterlagen nachlesen, was er erzählt hatte.

Erleichtert packte Katie ihren unbenutzten Stift und den leeren Collegeblock zurück in die Tasche als die Stunde vorbei war. Als nächstes stand ihr katalanischer Sprachkurs am Programm und der verging wie immer sehr rasch, weil die Lehrerin es verstand, ihren Unterricht abwechslungsreich und lebendig zu gestalten. Trotzdem waren drei Stunden Blockunterricht am Stück reichlich anstrengend. Als die letzte Einheit vorbei war, knurrte ihr bereits der Magen und sie war froh, vor der Kostenrechnungsvorlesung am Nachmittag noch eine ganze Stunde zur freien Verfügung zu haben. Eilig stopfte sie ihre Sachen in den Spind und ging zur Cafetería, um sich ein Bocadillo zu ordern, bevor die Warteschlangen länger wurden. Mit ihrem Brötchen setzte sie sich dann nach draußen, um die ersten Sonnenstrahlen zu genießen.

»Ist das Bocadillo in der Kantine zu empfehlen?«

Katie verschluckte sich fast, als sie seine Stimme hörte.

»Ángel? Was machst du hier?«

»Ich war gerade in der Gegend und hab mir gedacht, ich schau mal vorbei, ob ich dich hier zufällig sehe.«

Ungläubig starrte sie ihn an. *Zufällig? Bei über 8.000 Studenten?*

»Was hältst du davon, wenn wir einen kleinen Ausflug machen und ich lade dich irgendwo am Strand auf was Richtiges zu Essen ein? Magst du Paella?«

»Schon, aber…«

»Na dann, ich kenne da ein richtig gutes Lokal in Barceloneta. Sieht unscheinbar aus, aber serviert die beste Paella. Ich hab dort auch schon mal Javier Bardem gesehen!«

»Den Schauspieler?«

»Ja.«

Katie sah zu Ángel, dann auf ihr Bocadillo, von dem sie erst einmal abgebissen hatte und das neben der Vorstellung von Paella plötzlich ziemlich an Reiz verloren hatte.

»Das klingt super, aber ich kann leider trotzdem nicht. Ich hab nachher noch eine Vorlesung.«

»Oh.« Ángel sah zu Boden. »Und die Anwesenheit wird kontrolliert.«

»Das nicht.«

»Gibt es bald eine Prüfung?«

»Erst im Sommer.«

»Ich will dich nicht vom Lernen abhalten. Wenn der Stoff wichtig ist und du Notizen brauchst, dann verschieben wir das mit der Paella einfach.«

Katie sah erst in seine dunklen Augen, dann in den Himmel. Das Wetter war heute außergewöhnlich schön für Anfang März. Klarer, blauer Himmel. Sonnenschein. Temperaturen, die es erlaubten nur im T-Shirt draußen zu sitzen, als wäre es schon mitten im Frühling.

»Ach was«, sagte sie schließlich. »Lass uns zum Strand fahren. Ich kann den Stoff hinterher ebenso gut im Skriptum nachlesen.«

»Sicher?«

Sie nickte und lächelte ihn an.

Katie konnte den Wind in den Haaren spüren und die Sonne im Gesicht, als sie zurück in die Stadt düsten. Sie genoss die Wärme. Es war noch nicht so heiß, dass es unangenehm war, aber dennoch hätte sie jetzt gut ihre Sonnenbrille brauchen können. Zu blöd, dass die mit dem Gepäck verschwunden war.

»Im Handschuhfach liegt meine Sonnenbrille, wenn du eine brauchst«, sagte Ángel, als ob er ihre Gedanken erraten hätte.

Neugierig öffnete Katie das Fach und fand Shades im Stil der 1930er Jahre. Klassisches Pilotendesign. Vorsichtig schob sie sich das zarte Gestell auf die Nase, während das Cabrio auf eine rote Ampel zurollte.

»Und?«

»Sieht klasse aus!« Ángel grinste. »Passt dir deutlich besser als mir!«

Für Montag Mittag waren die Straßen ziemlich belebt. In der Avenida Diagonal schoben sich die Autos dicht aneinander vorbei und später, als sie über den Passeig de Picasso am Park entlang fuhren und dem Strand von La Barceloneta näher kamen, war das Stadtbild von herumalbernden Teenagern, britischen Touristen mit ersten Rötungen und Asiaten mit Sonnenschirmen und Selfie-Sticks geprägt. Dazwischen stachen die ›echten‹ Einheimischen und die Expatriates heraus, die sich längst die typische spanische Gelassenheit angeeignet hatten und vorzugsweise mit weiten Haremshosen oder leichten Leinenkleidern durch die Straßen spazierten. Nicht selten waren Dreadlocks zu sehen oder eigenwillige Undercut-Frisuren, fast so, als ob es sich Barcelona zum Ziel gemacht hätte, ehemalige Trendfrisuren in extravaganten Eigeninterpretationen wieder aufleben zu lassen.

Schwungvoll bog das Cabrio in einer Seitenstraße vom Passeig de Joan de Borbó in einen Parkplatz und Ángel sprang mit mindestens genauso viel Elan aus dem Auto, um Katie die Tür aufzuhalten.

»Señorita«

»¡Muchas gracias!«

Seite an Seite schlenderten sie die enge Gasse entlang in Richtung Strandpromenade und bekamen dabei einen ungefähren Eindruck, wie Barceloneta früher einmal ausgesehen haben musste, als es hier nur Fischer und keine Urlauber gab.

Im Lokal wurde Ángel überschwänglich von einem grau melierten Spanier empfangen, der sich als Besitzer entpuppte. Er schien regelmäßig hierher zu kommen oder vielleicht hatte er auch anderweitig mit dem Wirt zu tun.

»Magst du Fleisch? Fisch? Meeresfrüchte?«

»Ich mag alles«, entgegnete Katie hungrig, weil ihr Bocadillo inzwischen wieder verpackt in die Tasche gewandert war. Es war mittlerweile fast fünfzehn Uhr und sie war es nicht gewohnt, so spät zu Mittag zu essen. Überhaupt gaben ihr die spanischen Essenszeiten nach wie vor Rätsel auf. Dafür freute sie sich umso mehr, als der Chef wenig später höchst persönlich mit einer überdimensionalen Pfanne Paella aus der Küche kam, die so köstlich duftete, dass ihr das Wasser im Mund zusammen lief.

»Hast du das Mädchen vom Foto schon gefunden?«, fragte Ángel, bevor er sich genüsslich eine Gabel Reis in den Mund schob.

Katie schüttelte den Kopf. »Leider nicht.«

Einen Augenblick sah er zum Himmel und schien selbst zu überlegen, ob ihm noch irgendetwas zu der Frau einfiel. Dann fixierten seine dunklen Augen wieder Katie. »Wieso suchst du sie eigentlich?«

»Sie hat meinen Koffer.«

»Deinen Koffer?« Ungläubig griff er nach seinem Glas Rioja.

»Ja. Ich fürchte, wir haben die Koffer am Flughafen vertauscht. Jetzt habe ich ihren Koffer und sie hat meinen.«

»Und den willst du natürlich zurückhaben«, resümierte er, während er am Wein nippte. Dann sah er sie wieder an. »Hast du das Foto in ihrem Gepäck gefunden? Bist du deshalb zum Club gekommen?«

Sie nickte. »Ich weiß, das war blöd. Aber nachdem ich sonst keinen Anhaltspunkt habe, hatte ich gehofft, dass sie dort jemand erkennen würde.«

»Was ist denn in ihrem Koffer? Hast du noch etwas anderes gefunden?«

»Nichts Besonderes. Nur Klamotten.« Katies Stimme wurde leise.

»Das Kleid von Freitag? War das ihr Kleid?«, riet er und sie nickte, als würde sie sich ertappt fühlen.

»Das muss dir nicht peinlich sein. Vielleicht läuft

87

sie ja gerade jetzt in deinen Sachen herum«, scherzte er, doch Katie fand die Idee gar nicht lustig. Auch wenn die andere vielleicht Gebrauch für ihre bequemen Jeans und Sommerkleider haben mochte, was bitte sollte sie mit dem ganzen Lack und Leder anfangen? Oder mit den viel zu engen Hosen?

Die Sonne war bereits untergegangen, als Ángel Katie nach Hause fuhr. Sie hatten den ganzen Nachmittag am Strand verbracht, waren die Promenade entlang spaziert bis hinunter zum Olympischen Hafen, hatten Eis gegessen und die Skulpturen aus Sand bewundert, die irgendwelche Künstler und Aussteigertypen in mühevoller Feinarbeit geschaffen hatten und dafür mit der einen oder anderen Münze von den staunenden Passanten belohnt wurden. Irgendwann hatte der Spanier ihre Hand genommen, um sie aus der Schusslinie eines vorbei donnernden Radfahrers zu ziehen, und hatte sie einfach nicht mehr losgelassen. Den ganzen Rückweg nicht.

»Danke für den schönen Tag«, sagte Katie, als sie vor ihrem Wohnhaus aus dem Wagen stieg und griff nach der Sonnenbrille, um sie ihm zurückzugeben.

»Behalt sie«, schlug er vor, »dir passt sie ohnehin viel besser als mir.«

»Danke, aber das kann ich nicht...«

»Ich hab noch eine andere«, sagte er schnell und schob ihre Hand mit der Brille zurück, die sie in seine

Richtung streckte.

Wieder berührten seine Finger so sanft ihre Haut, als hätte er sie nur zufällig gestreift. Und wieder jagte seine Berührung dieses aufregende Kribbeln durch ihren Körper.

»Danke«, hauchte sie, weil sie der plötzliche Kontakt so verwirrt hatte, dass ihr nichts anderes einfiel.

»Bitte«, entgegnete er ebenso leise und lehnte sich dabei noch weiter zu ihr herüber.

Ihre Blicke trafen sich, hielten sich fest. Die dunklen Augen zogen Katie an, wie frische Blüten die Bienen. Sie konnte nicht anders, als ihm noch weiter entgegenzukommen. Alles in ihrem Körper kitzelte, als würde sie in einer Achterbahn den Berg nach unten sausen. Es war aufregend. Spannend. Ein Gefühl, das sie seit ihrem ersten Kuss in der siebten Klasse nicht mehr empfunden hatte. Ihr Herz raste und das Blut rauschte in ihren Ohren, so wie vorhin die Wellen übers Mittelmeer an den Strand geschossen kamen. Sie schloss die Augen. Und dann spürte sie auch schon seine Lippen auf ihren. Weich. Warm. Sinnlich. Sie gab sich seinem Kuss hin, öffnete ihren Mund und ließ ihre Zunge mit seiner tanzen. Es war schön. Es fühlte sich so unglaublich gut an.

Er hielt inne, sah sie an, lächelte. Dann fand er erneut ihren Mund und küsste sie wieder. Dieses Mal allerdings war die Zurückhaltung vergessen. Der zweite Kuss war anders als der erste. Wilder.

Leidenschaftlicher. Fordernder. Und noch viel besser.

Katie konnte spüren, wie ihr das Herz bis zum Hals schlug. In ihrem Magen kribbelte es, als ob dort jemand ein ganzes Päckchen Brausepulver verschüttet hätte. Es war ihr vollkommen egal, dass die Blicke der vorbeikommenden Fußgänger auf ihnen hafteten. Auch, dass das eine oder andere Pfeifen bloß ihnen beiden gelten konnte, spielte keine Rolle. Es gab bloß sie und ihn. Seine Lippen auf ihren, seine Hände in ihrem Haar.

Erst als sie beide vollkommen außer Atem waren und er sie laut keuchend näher an sich heran ziehen wollte, schob sie ihn von sich. »Ich muss gehen«, hauchte sie und stieg lächelnd aus dem Auto, während er ihr mit sehnsüchtigen Blicken hinterher sah.

18. KAPITEL

»Rafael, auch wieder mal hier? Ich hab dich Samstag gar nicht auf dem Clubbing gesehen. Ich dachte schon du wärst unterwegs, um die Partyszene in London oder Moskau aufzumischen.«

Er ließ sich auf den Stuhl gegenüber seines Bekannten fallen und deutete der schwarzhaarigen Kellnerin mit dem ungewöhnlichen Schlangentattoo am Hals, ihm was zu trinken zu bringen.

»Ich hatte letzte Woche ein paar Dinge zu erledigen.« Mit einer Geste deutete Rafael, dass ihm die Arbeit noch immer bis zum Hals stand.

»Aber hey, ich hab dich einem russischen Bekannten empfohlen, der sich einen seltenen Wunsch erfüllen wollte. Hast du ihm helfen können?«

»Ich denke, das hab ich.«

Seine Augen ließen von Rafael ab und wanderten in die Ferne, während er an die zierliche Blondine dachte. Anna. Ihr hübsches Gesicht. Ihr Lächeln, das inzwischen gewiss verstummt war.

»Ich habe auch einen Auftrag für dich«, kam Rafael direkt zur Sache. »Wir haben eine kleine Feier geplant und ich dachte, du kannst mir ein wenig bei der Organisation helfen.«

»Um welche Art von Feier geht es denn?«

»Um eine sehr spezielle.« Er musste nicht mehr sagen, dass sein Gegenüber verstand.

»Was kann ich für dich tun?«

»Viel. Die Fete soll in zwei Wochen in einer alten Fabrikshalle stattfinden und ich möchte sicher gehen, dass wir dort nicht gestört werden, wenn du weißt was ich meine.«

»Verstehe. Was noch?«

»Eventuell ein bisschen was fürs leibliche Wohl.« Er ließ seine Nase symbolisch über seinen Handrücken wandern.

»Kein Problem.«

»Und ein paar Mädchen. Ich dachte so an vier oder fünf.«

»Okay.«

»Aber bitte nicht wieder irgendwelche Nutten vom Straßenstrich! Ich will saubere Mädchen. Vielleicht ein paar Tänzerinnen oder Schauspielerinnen.«

»Schauspielerinnen?« Er zog skeptisch eine Augenbraue hoch.

»Keine Sorge! Ich bezahl die Mädchen gut und sie kommen auch wieder zurück!«

Sein Partner war nicht gänzlich davon überzeugt, dazu kannte er Rafael einfach zu gut.

»Versprochen«, setzte der nach und griff sich ans Herz.

»Also gut. Hast du an jemand bestimmten gedacht?«

»Hmm… ich weiß gar nicht, wer momentan zu haben ist.

»Hast du von der *Fiesta Oscura* Samstag am Schiff gehört? Alle interessanten Mädchen werden dabei sein. Wieso kommst du nicht einfach vorbei und siehst dich um?«

»Ist das ein Fest vom Club?«

»Nein. Aber ich hab ein paar Einladungen.«

Rafael nickte, die Idee schien ihm zu gefallen.

19. KAPITEL

»Die ganze Woche hast du mich schon vertröstet«, beschwerte sich Carmen, als Katie aus dem Badezimmer kam, »es scheint fast du willst meinen Bruder überhaupt nicht kennenlernen!«

Schuldbewusst sah sie ihre Mitbewohnerin an. Sie wusste, dass Carmen Recht hatte. Sie war diese Woche kaum zu Hause gewesen, denn sie hatte jede freie Minute mit Ángel verbracht. Und nachdem er sie jedes Mal um ein neues Date gebeten hatte, war gar keine Zeit geblieben, Carmens Familientreffen einzuschieben. Gemeinsam mit Ángel war sie auf den Tibidabo gefahren, um die Stadt von oben zu betrachten, hatte den Tierpark besucht und war mit ihm im zauberhaften Park Güell auf den Spuren des legendären Antonio Gaudí gewandert.

Doch heute war auch nicht der Abend, um Carmens mysteriösen, älteren Bruder zu treffen, den ihr die Wohnungskollegin jetzt unbedingt vorstellen wollte, wo sie ihn doch das ganze letzte halbe Jahr nie mitgebracht hatte. Heute hatte Ángel sie zu sich nach Hause eingeladen und Katies Herz schlug ihr schon jetzt bis zum Hals. Es war die vierte Verabredung in Folge und das erste Mal, dass sie mit ihm allein sein würde. Von ihrem Kennenlernabend, als er sie verarztet hatte, einmal abgesehen. Natürlich hatte er beim Heimbringen mehrmals versucht, sie zu überzeugen, ihn mit hoch zu nehmen. Hatte Interesse an ihrer Wohnung, am Koffer und an den Mitbewohnern gezeigt. Doch Katie war standhaft geblieben. Wenn überhaupt, dann wollte sie ihm sowieso lieber in seiner Wohnung näher kommen.

Zerknirscht sah Katie ihre Mitbewohnerin an, wusste nicht so recht, was sie sagen sollte.

»Du siehst wirklich toll aus!« Carmens Stimme klang versöhnlich. »Na los, geh schon. Ich komm allein klar!«

»Wir machen morgen was«, versprach Katie, während sie zur Tür eilte. Es war schon kurz vor neun und sie würde so oder so zu spät kommen.

»Das riecht toll!«

Katie schmiegte sich von hinten an Ángel und sah ihm über die Schulter, während er die Meeresfrüchte-Spaghetti mit Weißwein aufgoss.

»Einen Moment musst du dich noch gedulden«, sagte er und drehte sich, um sie auf den Nacken zu küssen.

Katie trug heute ein kurzes, blau-weißes Sommerkleid, das so süß aussah, dass er sich nicht sicher war, ob er sie einfach nur in seine Arme nehmen und beschützen wollte, oder ihr doch lieber gleich das Kleid vom Körper reißen und über sie herfallen. Er wusste selbst nicht genau, was es war, aber irgendetwas an dem Mädchen war anders. Reizte ihn. Vielleicht war es die Natürlichkeit, die es ausstrahlte. Diese mädchenhafte Naivität, die es von den eingebildeten Schlampen unterschied, die sich im Club um ihn scharrten. Vielleicht war es auch diese Unschuld, die ihn verrückt machte und die das Blut langsam aus seinem Kopf weiter nach unten wandern ließ. Er riss sich zusammen, zwang sich ruhig zu bleiben und servierte die Nudelpfanne, die er nach dem Rezept seiner Großmutter zubereitet hatte und bei der bislang noch jedes Mädchen schwach geworden war. Und Katie ging es nicht anders.

»Das ist einfach super lecker«, stöhnte sie, nachdem er ihr zum zweiten Mal Nachschlag geben wollte. »Aber ich kann nicht mehr.«

»Na gut, dann gibt's jetzt Dessert!« Mit einem Lächeln verschwand er zum Kühlschrank und Katie wunderte sich schon, dass er inzwischen mehr zu Hause hatte, als ein paar Flaschen Alkohol. Doch sobald er sich wieder zu ihr umdrehte, war ihr klar, dass er mit Nachspeise einen fruchtigen Sangria gemeint hatte, den er vorausschauenderweise schon zuvor eingekühlt hatte.

»Der ist mit Cava«, erklärte er, »das gibt einen ganz eigenen Geschmack!«

Neugierig nippte Katie am Glas, während sie ihm

in den Wohnraum folgte.

»Du musst die Früchte kosten, die sind besonders lecker!«

Er angelte mit dem Löffel nach einem Erdbeerstück und schob es Katie zwischen die Lippen. Der Moment, als ihr Mund seinen Finger berührte, schickte einen kleinen Schauer durch seinen Körper. Ihr ging es nicht anders. Eine Sekunde länger als nötig, sog sie an seinem Daumen und sah ihm tief in die Augen, während sie das süße Erdbeeraroma inhalierte. Das war zu viel für ihn. Er konnte sich nicht länger zurückhalten, wie von selbst grub sich seine andere Hand in Katies brünette Mähne und zog sie näher an sich heran. Dann suchten seine Lippen ihre. Im Umdrehen nahm er ihr das Glas aus der Hand und presste sie an sich, während ihre Münder miteinander verschmolzen. Mit einer schnellen Bewegung drückte er sie zur Wand, während seine Zunge immer gieriger in ihren Mund vordrang.

»Du machst mich verrückt«, stöhnte er an ihrem Ohr, während er sich so fest an sie presste, dass ihr fast die Luft wegblieb. Ihr wurde heiß und kalt zugleich, ihre Knie gaben nach und sie war sicher, dass sie gleich umkippen würde. Doch seine Hand hielt sie fest, während die zweite über ihren Körper wanderte. Zärtlich streichelte er über ihre Schulter und Seite, tastete sich vor bis zu ihren Brüsten und wurde etwas wagemutiger, als sie keinen Widerspruch einlegte.

Katie seufzte, als sich seine Finger unter ihr Kleid schoben. Es kitzelte, als seine flache Hand ihren Bauch berührte, sich nach oben schob und schließlich ihre Brüste erreichte. Ein heißer Schauer schoss durch ihre Glieder, als er die zarten Knospen berührte, sie konnte deutlich das begehrliche Ziehen fühlen, dass er durch seine Liebkosung in ihr auslöste. Sie protestierte nicht, als er sie mit einem Ruck von ihrem Höschen befreite, um ungehindert die Entdeckungsreise an ihrem Körper fortsetzen zu können. Es war zu lange her, dass ihr ein Mann so nahe gekommen war und es fühlte sich zu gut an. *Bei ihm zu sein, fühlte sich gut an.* Seine Finger schoben sich zwischen ihre Beine und sie hatte das Gefühl, vor lauter Lust zerspringen zu müssen. Er schien instinktiv zu wissen, wo er sie berühren sollte. Wie zärtlich oder fest er sie anfassen musste, um ihr das letzte bisschen Selbstkontrolle zu rauben.

»Nimm mich«, stöhnte sie an seinem Ohr, während sie seine Erregung deutlich an ihrer Mitte spüren konnte.

Das ließ er sich nicht zweimal sagen. Mit einem schnellen Griff, war seine Hose offen und seine Männlichkeit sprang hervor. Groß. Hart. Bedrohlich.

Überrascht wollte sie zurückweichen, doch das ließ er nicht gelten. Mit einer schnellen Bewegung nahm er ihre Handgelenke über ihrem Kopf zusammen und hielt sie mit einer Hand fest, während er sie weiter küsste und gegen die Wand drückte.

»Keine Angst«, seufzte er, »es wird dir gefallen!«

»Sei vorsichtig«, flüsterte sie und sah ihn mit ihren großen, blauen Augen an, während er ihr Bein hoch hob und um seine Hüfte schlang.

Dann spürte sie auch schon den Ruck, als er sich in sie hineinschob. Es war gut. Verdammt gut. Ángel traf Punkte in ihr, von denen sie noch nicht einmal gewusst hatte, dass sie existierten. Er ließ sie unter seinen Stößen zittern, keuchen und stöhnen. Es fühlte sich an wie eine Ewigkeit, die sie vereint waren. Und es war besser, als alles was sie bisher erlebt hatte. Nicht, das Katie viel Erfahrung besessen hätte. Eigentlich gab es da bloß zwei Jungs, die erwähnenswert waren: ihr Exfreund Theo und Jim, mit dem sie bei der Abschlussfeier ihrer Schule in der Kiste gelandet war. Beide waren nicht schlecht gewesen. Aber auch nicht besonders gut. Im Vergleich zu dem, was sie jetzt gerade erlebte, hatten Theo und Jim nicht viel mehr Leidenschaft als zwei Goldfische an den Tag gelegt.

Ángel war anders. Er war ein richtiger Mann. Und nicht nur das, er war im wahrsten Sinne des Wortes ein Engel. Ein dunkler Engel, der sie mit jedem Stoß weiter in den Himmel hob, bis sie irgendwann nicht mehr anders konnte, als loszulassen und sich einem Höhepunkt hinzugeben, der um ein Vielfaches intensiver war, als alles, was sie bis dahin erlebt hatte.

Seufzend sackte sie in seinen Armen zusammen, sah ihm glücklich in die Augen, während er sich erneut in sie schob, um auch selbst Erlösung zu finden.

»Das war wunderschön«, seufzte Katie, als sie sich später an ihn kuschelte, und seine anthrazitfarbene Seidenbettwäsche auf ihrer nackten Haut fühlte.

»Das war es«, stimmte er ihr zu. »Das sollten wir unbedingt wiederholen.«

»Morgen?«, fragte sie lächelnd.

»Wieso auf morgen warten?«

20. KAPITEL

»Was ist das?«, fragte Katie und deutete auf die dunklen, mystisch anmutenden Karten, die am Sideboard im Eingangsbereich lagen.

»Ach, nur so eine sinnlose Szeneveranstaltung. Komm, setz dich, dein Kaffee wird noch kalt!«

Katie kam zu ihm an den Tisch und griff nach ihrem Cappuccino. Eigentlich hatte Ángel nur Espresso-Kapseln zu Hause, aber eigens für sie hatte er nun auch Cappuccino besorgt, weil sie den morgens so gerne trank, wie sie ihm erzählt hatte.

»Und... gehst du hin?«

Katies Blick ruhte noch immer auf den Karten, auf denen ein Mädchen mit wallendem, rotem Haar abgebildet war, dessen Kleid in Flammen stand.

»Ach das? Ich weiß nicht. Ja. Von Berufswegen sind solche Veranstaltungen interessant für mich.«

Ángels Aufmerksamkeit wanderte zurück zur Tageszeitung, doch so schnell wollte Katie das Thema nicht auf sich beruhen lassen. *Wenn das eine Szeneveranstaltung war*, überlegte sie, *dann würde vielleicht auch die Frau von ihrem Foto daran teilnehmen.*

»Kann ich mitkommen?«

Ángel sah überrascht auf. »Ich denke nicht, dass dir das gefallen würde.«

»Ich bin neugierig.«

»Ich weiß nicht. Ich bin ja selbst noch nicht sicher, ob ich hingehe.«

»Ach, komm schon, bitte! Vielleicht sehe ich dort das Mädchen, das meinen Koffer hat!«

Ángel leerte seinen Espresso mit einem großen Schluck, dann sah er Katie streng an. »Das ist nicht die Sorte Party, wo du herumlaufen und jedem dein Foto unter die Nase halten kannst! Das sind sehr spezielle Leute.«

»Das würde ich doch nicht machen. Ich will nur sehen, ob sie da ist.« Katies Gesichtsausdruck wurde unsicher. »Oder willst du mich nicht mitnehmen, weil du… mit jemand anderem hingehst?«

Sie hatten bis jetzt das Thema vermieden, aber vielleicht war Ángel vergeben? Vielleicht war sie ja gar nicht die Einzige?

»Quatsch. Ich bin mit niemandem verabredet. Wenn es dir so wichtig ist, gehen wir hin. Aber dann kaufen wir dir vorher noch etwas Passendes zum Anziehen.«

21. KAPITEL

»Aber was ist mit unserem gemeinsamen WG-Abend?«

Carmen sah enttäuscht zu, wie Katie begann, sich für den Abend zurechtzumachen. Sie trug ein kurzes, schwarzes Kleid mit transparenten Ausschnitten an der Seite, das sehr sexy wirkte, aber keinesfalls billig. Die gelockten Haare steckte sie gerade mit unzähligen Klammern auf ihrem Hinterkopf fest.

»Tut mir leid, ich hatte die Feier ganz vergessen. Können wir unseren Abend nicht auf morgen verschieben?«

Katie setzte sich aufs Bett, um in die schwarzen Plateau-Pumps zu schlüpfen, die Ángel für sie ausgesucht hatte, dann stand sie auf, um ihr Outfit im Spiegel zu begutachten. Sie sah toll aus. Geheimnisvoll. Verrucht. Wie eine Frau, die ganz genau wusste, was sie wollte und die es auch bekommen würde.

»Seit du mit diesem zwielichtigen Typen aus dem Club rumhängst, hast du dich echt verändert.«

Carmens Blick wanderte von den High Heels über das enge Minikleid bis zum extravaganten Ausgeh-Make-up.

»Ich erkenn dich gar nicht wieder! Du schwänzt die

Uni und treibst dich in Nachtclubs rum, bist kaum noch zu Hause. Was ist aus dem coolen Mädchen in Jeans und Sneakers geworden, das für jeden Spaß zu haben war?«

«Vielleicht wollte dieses Mädchen einfach mal was Neues ausprobieren? Mehr sein, als eine Langweilerin in Turnschuhen.«

Carmens Blick war traurig. »Ich fand die alte Katie ziemlich klasse.«

Katie stand auf und ging auf ihre Mitbewohnerin zu. Mit den Absätzen überragte sie die Spanierin locker um einen halben Kopf.

»Es tut mir leid wegen heute«, sagte sie zerknirscht, »können wir es bitte noch einmal verschieben?«

Carmen war noch immer sauer, aber sie nahm das Friedensangebot ihrer Mitbewohnerin an.

»Na gut, dann morgen. Da wollte ich mich sowieso mit Miguel treffen.«

»Miguel?«

»Mein Bruder! Den wollte ich dir längst schon mal vorstellen.«

Katie nickte, obwohl sie wusste, dass Carmen das Treffen nicht ganz ohne Hintergedanken plante. Sie hatte in letzter Zeit öfter angedeutet, dass Katie und Miguel sich endlich kennenlernen sollten und momentan schien ihr besonders viel daran zu liegen, ihre Mitbewohnerin von Ángel fort und zu Miguel hin zu locken. Katie schüttelte beim Rausgehen den Kopf über die Besorgnis ihrer Freundin. *Als ob sie nicht selbst wissen würde, wer ihr gut tat und wer nicht!*

22. KAPITEL

Als Katie und Ángel über den Steg zum Boot gingen, war die Party schon im vollen Gange und es fehlten nur noch wenige Minuten bis zur Abfahrt. Das Essen hatte länger gedauert als erwartet, der anschließende Cocktail auch. Galant reichte Ángel seiner Begleiterin die Hand, um ihr beim Einsteigen zu helfen.

»Ein Glas Champagner für die Herrschaften?«

»Gracias.« Ángel schnappte sich zwei Gläser vom Tablett einer Hostess und reichte eines davon weiter an Katie.

»Und? Was sagst du?«

Seine Frage klang so skeptisch, als ob er erwartet hätte, dass sie sofort die Flucht ergreifen wollte. Fürs Erste bekam er allerdings gar keine Antwort. Katie war zu sehr damit beschäftigt, alles zu erfassen, was sich an Deck der überdimensionalen Yacht abspielte, die sie eben betreten hatten. Im Freien standen die Besucher grüppchenweise um die Heizstrahler zusammen, rauchten, tranken Sekt und plauderten munter. Drinnen im verglasten Partybereich herrschte mehr Gedränge und die Gäste hatten begonnen, sich langsam zur französischen Gothic-Musik zu bewegen, die aus den großen Boxen an den Ecken hallte. Lack und Leder dominierten das Bild, dazu reichlich Spitze und Samt. Manche Mädchen hatten nicht mehr als Korsagen und Netzstrümpfe an, andere trugen elegante Abendkleider, die bis zum Boden reichten.

Katie riss sich erst los, als ihr Begleiter ihre Hand drückte. »Also?«

»Wow!«

Ihr Gesicht spiegelte eine Mischung aus Überraschung, Neugier, Misstrauen und Faszination wieder, als sie ihn ansah.

»Also willst du bleiben?«

»Klar will ich bleiben!«

Sie nahm Ángel an der Hand und zerrte ihn hinter sich her. Als das Schiff ablegte, standen sie an der Reling und sahen aufs Meer. Der Anblick, wie die Stadt hinter ihnen immer kleiner wurde, bis sie zu einem einzigen Lichtermeer verschwamm, war einfach unglaublich. Erst als Barcelona nur noch ein winziger Strich in der Ferne war, widmete Katie ihre Aufmerksamkeit wieder den Besuchern.

»Lass uns eine Runde gehen«, schlug sie vor, denn sie hatte nicht vergessen, weshalb sie hier war.

Bereitwillig folgte ihr Ángel in den beheizten Innenbereich, wo sie ihn durch die Menge führte. Glück hatte sie allerdings keines. Jedes Mädchen, das aus der Weite so ähnlich ausgesehen hatte wie die Frau am Bild, entpuppte sich aus der Nähe doch als jemand anderes. Und die Blicke, die ihnen die Leute zuwarfen, waren mehr als eigenartig. Manche davon waren neugierig. Interessiert. Einige, die an Ángel hängen blieben, auch voller Bewunderung. Ein paar Mädchen in Dessous hauchten ihm ein verführerisches »Hallo«, entgegen. Katie hingegen wurde von diesen Mädchen bestenfalls ignoriert. Oder sie erhielt böse, abwertende Blicke, wenn ihr Begleiter gerade nicht hinsah. Blicke, die fragten »Was findet er nur an dir?« Und jeder dieser Blicke brannte sich schmerzhaft in ihre Brust. *Vielleicht war es doch keine gute Idee, hierher zu kommen*, überlegte sie. *Vielleicht passe ich einfach nicht in diese Welt. In seine Welt.*

Katie beobachtete, wie die Mädchen mit grazilen Bewegungen um ihren Begleiter herum tänzelten. Sie sahen schön aus, in ihrer knappen Wäsche und den hohen Schuhen. Groß, superschlank, selbstsicher und geheimnisvoll. Und sie konnten tanzen. Es schien fast, als hätten sie niemals in ihrem Leben etwas anderes getan, als zu tanzen. Katie wurde schmerzlich bewusst, dass sie selbst niemals so aussehen würde. Was hatte sie sich nur gedacht, hierher zu kommen? Hatte sie wirklich erwartet, ein hübsches Kleid und hohe Schuhe würden ausreichen, um sie zu jemand anderem zu machen? Zu einer von ihnen? Zu einem Mädchen, das Ángel das Wasser reichen konnte?

»Alles okay, Schönheit?«

Überrascht fuhr Katie herum, fühlte sich in ihren Gedanken ertappt.

Ángel sah sie mit seinen großen, dunklen Augen an. Nein, er strahlte sie geradezu an. So, wie er keine von den anderen Frauen ansah. Es war ihm egal, dass die Mädchen um ihn herumtanzten. Er beachtete sie gar nicht. Stattdessen legte er seinen Arm um Katie und zog sie noch enger an sich. Zärtlich hauchte er ihr einen Kuss auf die Wange. Dann auf die Lippen. Sie gehörte zu ihm und er war verrückt nach ihr. Das konnten alle sehen. Katies Herz machte einen Sprung.

Ángel zog sie hinter sich her nach draußen zum Bug, flüsterte ihr zu, dass er es kaum erwarten konnte, die Fiesta zu verlassen. Mit ihr allein zu sein. Er nahm ihre Hand und gemeinsam sahen sie hinaus aufs Meer. Auf die unendlich scheinende Weite, die geheimnisvolle Dunkelheit, die vor ihnen lag und darauf wartete, erobert zu werden.

»Darf ich dich etwas fragen?«

»Sicher.« Ángel lächelte sie an.

»Warum bist du mit mir hier? Ich meine... du könntest wahrscheinlich jedes Mädchen hier haben.« Sie sah durch die Glasfront zu den Tänzerinnen auf den Podesten, dann wieder zu ihrem Begleiter. »Warum ich?«

Ángel lächelte und zog sie so nahe an sich, dass seine Lippen fast ihr Ohr berührten.

»Weil du etwas hast, das keine von denen hat.«

Er hauchte ihr einen kleinen Kuss in den Nacken.

»Was denn?«, fragte sie mit schwacher Stimme.

»Du bist du selbst.«

Seine Lippen fanden ihre und küssten sie so lange und leidenschaftlich, dass ihr ganz schwindlig wurde. Bis ein blonder Mann auf der anderen Seite der Reling nach Ángel verlangte.

»Entschuldigst du mich kurz? Ich muss noch etwas besprechen.«

»Oh.« Sie folgte seinen Augen zu dem Blonden. »Sicher. Ich warte hier.«

Katie beschloss, sich auf das zu besinnen, weshalb sie eigentlich gekommen war und hier draußen im Freien noch einen letzten Versuch zu starten. Noch einmal wanderte sie von Gruppe zu Gruppe, zog ab und an das Bild hervor, um jemanden nach dem Mädchen zu befragen. Wenn Ángel sie nicht dabei sah, konnte er sich auch nicht darüber beklagen, dass sie die Leute belästigte. Weiterhelfen konnte ihr aber auch jetzt keiner. Alle, die sie fragte, schüttelten entweder bedauernd den Kopf oder meinten, die Frau käme ihnen zwar bekannt vor, wussten aber nicht mehr, woher.

Frustriert schnappte sie sich eine Erfrischung von einem Tablett und stellte sich zurück in ihre Ecke. Aus sicherer Entfernung sah sie der feiernden Menge zu, beobachtete einen sportlichen, dunkelhaarigen

Typen, der etwas gestresst wirkte, weil er von zwei Mädchen in Dessous belagert wurde, während er den Inhalt eines großen Glases runterstürzte. Er kam ihr bekannt vor und sie meinte, ihn schon einmal im *La Serpiente Negra* gesehen hatte.

»Hola. Bist du alleine hier?«

Katie fuhr herum und sah einen muskulösen Mann mit Glatze vor sich.

»Ich äh… warte auf jemanden.«

»Ich auch.« Er grinste. »Ich bin Rafael.«

»Katie.«

Verlegen streckte sie ihm ihre Hand entgegen.

»Katie. Ein schöner Name für ein schönes Mädchen.«

Sein Blick wanderte langsam von ihrem Gesicht zu den Schultern, vom Nacken zum Dekolleté. Ihm gefiel, was er sah, aber noch mehr gefiel ihm, dass die Kleine so herrlich unsicher wirkte in ihrem Fummel. Unschuldig. Unerfahren.

»Was machst du denn so, Katie? Lass mich raten! Du bist Schauspielerin?«

Sie schüttelte verlegen den Kopf.

»Model?«

Wieder verneinte sie grinsend. »Nichts dergleichen.«

»Schade. Du solltest definitiv in Filmen verewigt werden!« Er sah sie fragend an. »Würde dir das gefallen, Katie?«

Noch ehe sie ihm antworten konnte, rief jemand seinen Namen und er entschuldigte sich.

Katie sah auf die Uhr, es war kurz vor eins. Ángel war bestimmt schon seit zwanzig Minuten verschwunden und allmählich langweilte sie sich. Das konnte er doch nicht machen, sie einfach alleine lassen! Noch dazu auf so einer Fetisch-Party, wo sie keinen Menschen kannte! Wieder spürte sie die Unsicherheit in sich hochsteigen. Fast im Minutentakt sah sie auf die Uhr, wurde immer ungeduldiger und beschloss schließlich, selbst nach drinnen zu gehen, um nach ihrem Begleiter zu suchen.

Katie drängte sich durch die tanzende Menge. Eigentlich erwartete sie nicht, Ángel hier zu finden. Sie sah sich nach einem anderen Ausgang um und wurde schließlich auf der gegenüberliegenden Seite fündig. Die Tür führte Katie in ein ruhigeres Vorzimmer, wo vereinzelt Leute auf Bänken saßen und sich unterhielten. Einige davon wirkten sehr intim und Katie lief rasch weiter, um bloß niemanden zu stören. Ein Stockwerk tiefer gab es Kajüten, aus denen eigenartige Geräusche drangen, aber außer ein paar Mädchen, die vor der Toilette anstanden, war niemand zu sehen. Ob Ángel in eines der Zimmer gegangen war, um seine geschäftlichen Belange zu besprechen?

Katie drückte ihr Ohr an die erste Tür, dann an die zweite und dritte. Doch das, was sie dahinter hörte, ließ sie betreten zurückweichen. Nein, hier fanden mit Sicherheit keine geschäftlichen Gespräche statt.

Katie zog sich die Schuhe aus und ging noch eine Stiege weiter nach unten. Ein Schild mit der Aufschrift »Privat« versperrte den Weg von der Stiege. Ob es das war? *Wenn Ángel mit einem der Veranstalter etwas besprechen muss, haben sie sich bestimmt irgendwo in ein Büro zurückgezogen,* überlegte sie und stieg kurzerhand über die Absperrungskette.

Neugierig ging sie den spärlich beleuchteten Gang entlang, doch es drang kein einziger, verdächtiger Laut an ihr Ohr. Im Gegensatz zu oben, wirkte hier keines der Zimmer besetzt. Bis plötzlich ein spitzer Schrei erklang, als sie gerade ein paar wenige Meter von der Treppe entfernt war. Katie blieb stehen, doch sie sah niemanden. Dafür schrie die Frau jetzt wieder. Noch spitzer, noch lauter. Das Geschrei wollte gar nicht mehr aufhören.

Katies Herz begann schneller zu schlagen, Panik stieg in ihr hoch. Was war hier los? Brauchte jemand Hilfe? Sie lief schneller den Gang entlang, in die Richtung aus der die Geräusche kamen, bis sie vor einer verschlossenen Tür stand, hinter der die Frau aus Leibeskräften brüllte.

Entschlossen klopfte Katie an die Tür.

Keine Reaktion.

Sie versuchte es noch einmal.

Wieder nichts. Nur die Schreie wurden immer lauter.

Katie griff sich den Türknopf und rüttelte daran, bis die Tür aufsprang und geradewegs den Blick auf die Geräuschquelle freigab: Eine hübsche, rotgelockte, junge Frau stand da an der Wand. Sie war splitternackt bis auf die halterlosen Strümpfe und ein Lackkorsett und sie war an Armen und Beinen an ein riesiges Holzkreuz gefesselt. Katie blieb der Mund offen stehen. Einen Moment lang starrten sie und die Frau sich nur an, die Schreie waren verstummt. Dann wurde die Tür plötzlich weiter aufgerissen und ein Mann stand direkt vor Katie. Er war groß und sehr muskulös, so wie der Mann, der sie vorhin am Deck angesprochen hatte. Sein Gesicht konnte sie allerdings nicht sehen, weil er eine schwarze Ledermaske trug. Wie in Zeitlupe sah Katie an ihm runter, bis ihr Blick an dem großen Dolch hängen blieb, den er in seiner Hand hielt.

Der nächste Schrei, der die Stille des untersten Decks brach, war noch um einiges schriller, lauter und panischer, als die davor. Dieser Schrei kam allerdings nicht von der gefesselten Rothaarigen, sondern von Katie.

Panisch stürzte sie den Gang zurück, bis sie zur Stiege kam, dann hastete sie weiter nach oben.

»Warte«, hörte sie den Maskenmann hinter sich rufen. Ohne sich einmal umzudrehen, lief sie weiter, so schnell sie konnte.

23. KAPITEL

Katies Herz raste noch immer wie verrückt, als sie sich am oberen Deck nach Ángel umsah. Wo zum Teufel steckte er bloß? Wieso war er nicht da, jetzt, wo sie ihn so dringend brauchte? Sie lief eine Runde, drängte sich durch die tanzenden Leute und durch ein paar Gruppen, die sich draußen im Freien an Stehtischen unterhielten. Was sollte sie jetzt nur tun? Ängstlich sah sie sich nach den Sicherheitsleuten um. Wo waren die jetzt? Vorhin hatte sie doch irgendwo Securities gesichtet! Aber jetzt schienen sie wie vom Erdboden verschluckt! Und von ihrem Begleiter war auch keine Spur zu sehen! Katie blickte zum Bug, dann aufs Meer. Inzwischen war die Küste wieder in Reichweite.

»Hey, warte mal!«

Eine Hand tippte ihr auf die Schulter und als sie herumfuhr, blickte sie ins Gesicht der rotgelockten Frau von vorhin. Sie hatte noch immer nicht viel mehr an als zuvor, aber zumindest wirkte sie einigermaßen unverletzt. Und fröhlich.

»Ich bin Lídia«, sagte die Frau und hielt ihr die Hand entgegen. »Ist alles okay? Du hast vorhin so erschrocken ausgesehen.«

»Ich…« Katie musterte die Frau von oben bis unten. »Ich dachte, du wärst in Gefahr.«

Lídia lachte. »Tut mir leid, wir wollten dich nicht erschrecken. Das war bloß ein kleiner Probelauf für einen Film! Ich bin Schauspielerin!«

Katie atmete tief durch. Ein Film. Na das war ja klar. Und sie hatte Hilfe holen wollen! Zum Glück schien niemand um sie herum etwas von ihrer Panikattacke bemerkt zu haben.

»Du bist noch nicht lang in der Szene unterwegs, was?«

Katie schüttelte den Kopf. »Ist alles neu für mich.«

»Was hat dich her geführt?«, Lídia lächelte und in ihren Augen spiegelte sich Neugierde.

»Eigentlich suche ich jemanden.« Katie holte das Bild aus ihrer Tasche. »Kennst du das Mädchen?«

Lídia griff nach dem Bild und betrachtete es aus der Nähe, ihr Kopf neigte sich zu einem sanften Nicken. Im selben Moment spürte Katie eine Hand auf ihrer Schulter.

»Da bist du ja! Ich hab dich schon überall gesucht!« Ángel sah sie besorgt an. »Alles in Ordnung bei dir?«

Katie nickte. »Ich hab dich auch schon gesucht!«

»Komm, lass uns noch etwas trinken, bevor wir anlegen.« Er drehte sich zur Rothaarigen. »Du entschuldigst uns?«

Sein Arm legte sich um Katies Taille, sachte zog er sie an sich.

»Warte!« Sie streckte die Hand nach dem Foto aus, das die Rothaarige noch immer in Händen hielt. »Kennst du sie?«

Lídia sah unsicher von Ángel zu Katie und dann wieder zu Ángel. Ihr Blick war eigenartig. Verwirrt.

»Tut mir leid«, sagte sie und gab ihr das Bild zurück.

»Weißt du, dass du heute unglaublich heiß aussiehst?«

Ángel drehte den Rückspiegel seines Autos so, dass er mehr von seiner hübschen Beifahrerin sehen konnte, während sie den Hafen verließen und über die Carrer de la Marina zurück in die Innenstadt düsten.

»Danke.« Normalerweise wäre Katie bei einem solchen Kompliment rot angelaufen. Die eindeutigen Blicke, die er ihr durch den Spiegel zuwarf, hätten sie unruhig hin und her rutschen lassen und vielleicht hätte sie sogar gekichert, wie eine Dreizehnjährige. Doch jetzt war das anders. Bei ihm war das anders. Sie fühlte sich selbstsicher. Sexy. Bereit, etwas zu wagen.

Katie rutschte tiefer in ihren Sitz und musterte Ángel von der Seite. Sein kräftiger Oberkörper, sein schönes Gesicht, mit dem markanten Kinn und den sinnlichen Lippen. Seine faszinierenden, schwarzbraunen Augen, die es nicht schafften, lange geradeaus zu sehen, sondern immer wieder zu ihr hinüber blickten. Langsam streckte sie eine Hand nach ihm aus, streichelte sanft über seinen Oberschenkel.

»Was tust du da?«

Sie lächelte und schob ihre Hand weiter zwischen seine Beine. Es fühlte sich gut an, ihn dort zu berühren. Ihn nervös zu machen. Mit ihm zu spielen. Ihre Finger wurden mutiger, sie glitten weiter in die Mitte, legten sich sanft auf die Wölbung, die sich durch den dunklen Stoff seiner Hose abzeichnete. Sie massierte ihn, rieb ihn. Machte ihn so scharf, dass er sich kaum mehr auf die Straße konzentrieren konnte. Es war gefährlich, ihn zu reizen. Eine Leichtsinnigkeit, die sich Katie nie und nimmer erlaubt hätte. Normalerweise. Doch heute war das anders. Heute war *sie* anders.

Katies Finger machten sich am Bund seiner Hose zu schaffen, öffneten Knöpfe und zogen am Reißverschluss. Sein Atem ging schneller. Ein heiseres Stöhnen kam aus seinem Mund, als er ihre Hand auf seiner nackten Haut fühlte. Katie warf ihm durch den Rückspiegel einen eindeutigen Blick zu. *Von wegen Langweilerin*, dachte sie. Der Reiz des Verbotenen flackerte in ihren Augen.

24. KAPITEL

»Ich bin zu spät, es tut mir leid. Die U-Bahn… Ich hab einfach ewig gebraucht heute!«

Carmen und Miguel saßen im hinteren Bereich der kleinen Tapas Bar in der Avenida de Gaudí. Am Tisch vor ihnen standen zwei große Biergläser und ein paar kleine Schalen mit Nüssen und Oliven. Obwohl das Viertel rund um die Sagrada Familia sehr touristisch war, kamen sie immer wieder gerne in das urige Pub, weil die Tapas hier köstlich und die Bierauswahl riesig war.

»Kein Problem, wir hatten genug zu reden«, Carmen lächelte ihre Mitbewohnerin an. »Das hier ist Miguel, mein großer Bruder!«

»Freut mich, dich endlich kennenzulernen!« Miguel lächelte freundlich. »Carmen hat mir im letzten halben Jahr so viel von dir erzählt, dass ich das Gefühl habe, wir wären alte Freunde.«

Carmen hatte auch Katie einiges von ihrem Bruder erzählt. Dass er erst im Sommer nach Barcelona gekommen war und davor auf Ibiza als DJ aufgelegt hatte. Dass er momentan Single war und dass er unglaublich gut aussah. Katie musterte den jungen Mann, mit den kurzen, wuscheligen Haaren, dem trainierten Körper und den süßen Grübchen und er kam ihr ebenfalls vertraut vor. Vielleicht hatte ihr Carmen schon mal ein Foto von ihm gezeigt? Sie war sich nicht sicher.

»Bist du einverstanden, wenn wir einfach verschiedenste Tapas bestellen und sie uns teilen? Dann kann jeder von allem probieren.«

Katie nickte. Obwohl sie heute Nachmittag nochmals mit Ángel zum Hafen gefahren war, um dort eine herrliche Fideuà zu essen, knurrte ihr schon wieder der Magen. Zum Glück dauerte es nicht lange, bis der Kellner mit den ersten Portionen Tortilla, Calamari und Knoblauchgarnelen aus der Küche kam.

»Mmh, ist das lecker!«

Katie langte begeistert zu und entlockte Miguel damit ein anerkennendes Grinsen.

»Du magst spanisches Essen?«

»Und wie! Für Paella könnte ich sterben!«

Er lachte. »Dann musst du unbedingt mal zu uns heim nach Valencia kommen. Da gibt es die allerbeste Paella der Welt. Die Paella Valenciana.«

Katie und Carmen tauschten Blicke. Sie hatte schon öfter versucht, ihre Mitbewohnerin zu überreden, sie nach Hause zu begleiten, aber bislang hatte sie es noch nie geschafft.

»Ja, es wird wirklich Zeit«, sagte Katie. »Madrid, Bilbao und die Küste Andalusiens hab ich inzwischen auch schon gesehen.«

»Warum kommst du nicht nächste Woche mit?«, fragte Carmen. »Wir sollten es endlich mal fixieren. Und nächste Woche ist der Höhepunkt der Fallas, da ist die ganze Stadt im Ausnahmezustand! Das solltest du dir nicht entgehen lassen!«

Miguel stimmte sofort mit ein und erzählte Katie von den haushohen Skulpturen, die in jedem Stadtviertel errichtet und prämiert wurden, und die dann in der letzten Nacht zu Ehren des heiligen San José ihr Ende in den Flammen fanden. »Außerdem gibt es Feuerwerke, richtige Pyrotechnikwunder.« Seine Augen strahlten wie die eines kleinen Jungen, als er davon berichtete. »Es ist großartig, das musst du unbedingt gesehen haben!«

»Also gut«, sagte Katie. »Dann nächstes Wochenende!«

Carmen und Miguel lächelten zufrieden.

»Wirst du eigentlich auch dabei sein?«, fragte sie ihn.

»Nein, leider. Ich hab am Wochenende einen großen Gig.«

Seine Finger trommelten im Rhythmus der Musik, die aus den Lautsprechern kam, auf den Tisch. Katie sah auf die gepflegten Nägel, dann auf den auffälligen Ring mit dem Schlangensiegel an seinem Daumen. Plötzlich fiel ihr wieder ein, wo sie ihn schon einmal gesehen hatte. Er war im Club gewesen!

Katie starrte ihn ungläubig an. Doch, sie war sich ganz sicher. Sie hatte ihn an dem Abend gesehen, als sie beraubt und von Ángel verarztet worden war. Er war im *La Serpiente Negra* gewesen! Mit einem blonden Mädchen und mit demselben großen Ring! Und gestern am Schiff hatte sie ihn auch ganz kurz gesehen.

Katie sagte nichts, doch sie war sich nicht sicher, ob ihre Blicke nicht sowieso jeden ihrer Gedanken verrieten. Oder wusste er es vielleicht schon die ganze Zeit? Hatte er sie genauso wiedererkannt, wie sie ihn? Vielleicht war er nur taktvoll genug gewesen, nichts von der Fetisch-Party zu erwähnen? Als Carmen zur Toilette ging, musste sie die Gelegenheit nützen.

»Du warst gestern am Schiff, oder?«

In Miguels Gesicht konnte sie sehen, dass er genau wusste, wovon sie sprach.

»Ich hatte einen Gig dort« Er zuckte die Schultern. »Ich bin DJ.«

»Bist du öfter in der Szene?«, fragte Katie, denn er hatte im Club wie ein Stammgast gewirkt.

»Nur wenn ich gebucht werde.« Miguel sah sie prüfend an. »Was ist mit dir? Was hast du dort gemacht?«

Katie zeigte ihm das Foto von dem Mädchen, obwohl sie meinte, es ihm ohnehin schon am ersten Abend im Club gezeigt zu haben, so wie den meisten Gästen. Auf jeden Fall wirkte er erleichtert, dass es bloß die Suche nach dem Koffer war, die sie in die einschlägige Szene geführt hatte.

25. KAPITEL

Es war kurz nach Mitternacht, als er ins *La Serpiente Negra* kam und Rafael wartete schon ungeduldig auf ihn.

»Hey, du bist gestern so schnell weg gewesen, ich kam gar nicht mehr dazu, dir für die Einladung zu danken.«

»Hat dir die Party gefallen?«

Er ließ sich auf einen Stuhl gegenüber fallen und orderte beim Kellner einen Drink.

Rafael nickte. »Ich hab mich amüsiert.«

»Gut. Hast du auch gefunden, wonach du gesucht hast?«

»Ja, die Mädels waren nicht schlecht. Zwei, drei Tänzerinnen habe ich direkt angesprochen, eine Schauspielerin war auch dabei, Lídia Torrantes. Sie war ganz heiß, als sie von der Fete gehört hat. Ich denke, die ist leicht zu haben.«

»Du meinst für die spezielleren Dinge?«

Rafael grinste verschmitzt. »Da hab ich schon jemand anderen im Auge.«

Sein Gegenüber hob neugierig die Augenbrauen, als Rafael nach seinem Handy griff. Er ließ sich Zeit, das richtige Bild zu suchen, dann hielt er es ihm vors

Gesicht.

»Was hältst du von der? Kennst du die?«

Sein Blick erstarrte, als er aufs Display sah. Das war nicht irgendeine Nutte, die sich Rafael für seine perversen Spiele ausgesucht hatte. Es war Katie!

»Vergiss es, die kommt für so was nicht in Frage.« Er schob ihm das Handy zurück über den Tisch. »Das ist eine amerikanische Austauschstudentin, keine Crackhure!«

In Rafaels Gesicht spiegelte sich Neugierde. »Sie hat mich am Schiff überzeugt, weil sie so hübsch schreien kann«, sinnierte er.

»Vergiss es«, wiederholte sein Gegenüber. »Die ist außerhalb deiner Reichweite! Da würden wir uns nur Ärger einhandeln! Halt dich lieber an diese Lídia!«

»Klingt fast so, als ob dir was an der Kleinen liegt«, schmunzelte Rafael.

»Nein. Das ist es nicht. Trotzdem ist das Mädchen Tabu!«

Grinsend zuckte Rafael die Schultern. »Wenn du es sagst, Meister.«

26. KAPITEL

»Hallo Prinzessin! Ich hab dich vermisst, letzte Nacht!«

Ángels Stimme sorgte schon durch die Gegensprechanlage dafür, dass sich sämtliche Härchen in Katies Nacken aufstellten. Wie auf Wolken schwebte sie am Portier vorbei zum Aufzug, um in sein Penthouse zu fahren. Es war zwar erst zwei Tage her, dass sie sich gesehen hatten, aber Katie kam es vor wie eine Woche.

Ángel öffnete ihr die Tür und begrüßte sie überschwänglich. In seiner Wohnung duftete es herrlich nach frischer Reispfanne und Katie lief das Wasser im Mund zusammen. Noch größer war nur der Hunger nach dem Gastgeber selbst. Von hinten schmiegte sich Katie an ihn, während er seiner Paella mit ein paar Kräutern den letzten Schliff gab. Es fühlte sich gut an, ihm so nahe zu sein. Seinen Körper zu spüren. Katies Hände streichelten zärtlich über seine Brust, während sie sich auf die Zehenspitzen stellte, um ihm einen kleinen Kuss in den Nacken zu hauchen. Sie wollte mehr von ihm spüren. Alles spüren! Sorgfältig knöpfte sie einen Knopf nach dem anderen auf, bis sie sein Hemd vorne auseinander schieben und seine muskulöse Brust berühren konnte. Dann wurde sie waghalsiger und ließ ihre Hände langsam tiefer wandern.

»Meine Paella…«, stöhnte er mit rauer Stimme, als sich ihre Finger an seinem Bund zu schaffen machten und seine Jeans öffneten. Doch Katie ignorierte ihn. Heute wollte sie nicht vernünftig sein. Heute wollte sie Spaß haben! Ihre kleine Hand streichelte seinen Schritt entlang, legte sich genau auf die Stelle zwischen seinen Beinen, wo sie schon eine ordentliche Ausbuchtung spürte.

»Du machst mich wahnsinnig«, keuchte er, als sie begann, die Stelle zu streicheln und langsam darüber zu reiben, bis die Beule größer und fester wurde.

Katie presste sich von hinten so fest an ihn, dass sie seinen muskulösen Po an ihrer Vorderseite spüren konnte. Es fühlte sich gut an, viel zu gut. Katie empfand ein heißes Ziehen in ihrem Bauch. Oder kam es doch von weiter unten?

»Ich will dich«, hauchte sie von hinten an sein Ohr, während ihre Finger immer frecher wurden. Zentimeter für Zentimeter schoben sie sich in den Bund seiner engen Boxershorts, bis sie sein bestes Stück in unbedeckter Pracht fühlen konnte.

Das war zu viel für ihn. Mit festem Griff hielt Ángel ihre Hand fest und wirbelte sie herum, sah ihr einen Moment lang in die Augen. Dann presste er sie an sich und küsste sie stürmisch. Ángel war überall.

Katie spürte seinen frischen Atem an ihren Lippen. Seine Wärme auf ihrer Haut. Seine Hände, die sich unter ihren Rock und unter ihr Top drängten, um jedes kleine Stückchen ihres Körpers zu liebkosen. Mit einem Satz hob er das Mädchen hoch und setzte es auf die Ablagefläche neben dem Herd. Ein schneller Handgriff befreite es vom Höschen und ließ den Rock weiter nach oben rutschen.

»Du machst mich so unglaublich heiß, Katie«, seufzte er und ließ seine Finger über ihre nackte Haut wandern. Jede Stelle, die seine Fingerkuppen streiften, begann zu brennen. Ihre Knie, ihre Schenkel, ihr Geschlecht. Es fühlte sich an, als hätte sie jemand mit Benzin übergossen und eine einzige, sanfte Berührung von ihm reiche aus, um sie in Flammen aufgehen zu lassen.

Katie stöhnte auf, als er ihr Intimstes erreichte. Sie streckte die Hände nach ihm aus, zog ihn an sich, um ihn erneut voller Lust und Leidenschaft zu küssen. Ihr Top war längst nach unten gerutscht, und gab ihr Dekolleté frei, das er mit gierigen Lippen verschlang. Katies Puls raste und das Blut schoss durch ihren Körper, um die Hitze in jeden noch so entlegenen Winkel ihres Inneren zu tragen. Zu ihren Fingerspitzen, ihren Zehen, sogar zu ihrer Kopfhaut.

Katie seufzte, als er endlich in sie eindrang und mit ihr zu einer einzigen, glühenden Einheit verschmolz. Es fühlte sich so unglaublich gut an.

Für einen Augenblick wünschte sich Katie, sich nie wieder von ihm trennen zu müssen. Ein Augenblick des vollkommenen Glücks.

27. KAPITEL

Als Ángel aufwachte, war es noch dunkel im Zimmer, doch draußen vor dem Fenster sah er, wie der Himmel langsam ein geheimnisvolles Violett annahm, das zum Horizont hin in ein glühendes Orangerot überging. Ein neuer Tag brach an und er hatte plötzlich das Gefühl, dass es auch für ihn an der Zeit war, etwas Neues zu probieren.

»Wunderschön«, hörte er Katie seufzen, die ebenfalls aufgewacht war und durch die raumhohen Fenster fasziniert die Morgenröte betrachtete.

»Was hältst du davon, wenn wir nach Paris fliegen?« Ángels Hand streichelte über ihr Schlüsselbein und sein Blick wanderte verträumt in die Ferne. »Wir könnten uns die Mona Lisa im Louvre ansehen, an der Seine spazieren gehen und uns abends mit einer schönen Flasche Cabernet Sauvignon auf die Treppen zur Sacré-Cœur setzen.«

»Das klingt toll,« lächelte Katie, denn die Vorstellung gefiel ihr, »aber ich kann jetzt nicht weg.«

»Wir könnten die Osterwoche über wegfahren, dann hast du frei.«

»Es ist nicht nur wegen der Uni,« sagte Katie und starrte zum Fenster. »Ich bin heuer schon viel gereist.

Ich war erst vor Kurzem zu Hause in den Staaten, wegen der Hochzeit meiner Tante, und ich kann jetzt nicht schon wieder wegfahren. Ich habe auch gar kein Geld für so was.«

Seine Finger strichen langsam über ihren Hals nach oben. »Das war eine Einladung, Katie! Du musst gar nichts bezahlen!«

Sie sah ihn irritiert an. »Du willst mich nach Paris einladen?«

Er nickte und lächelte, sichtlich überzeugt von seiner Idee.

»Du musst nur deinen Koffer packen... beziehungsweise den von du weißt schon wem.«

Katie schob ihn von sich runter und stieg aus dem Bett.

»Das ist lieb von dir. Und sehr großzügig. Aber das kann ich auf gar keinen Fall annehmen!«

»Sicher kannst du!«

Sie schüttelte den Kopf. »Danke. Aber nein danke!«

Er sah zerknirscht aus, ein bisschen wie ein kleiner Welpe, den man eben beim Schuhe zerbeißen erwischt hatte. Also kniete sie sich noch einmal an die Bettkante, um ihm einen kleinen Kuss auf die Wange zu hauchen. »Wir machen das irgendwann einmal, versprochen. Vielleicht im Sommer, wenn ich die Prüfungen vorbei hab und ein bisschen was beim Firmenpraktikum verdiene. Jetzt im Moment ist einfach kein guter Zeitpunkt! Außerdem habe ich noch einen Kurztrip vor mir - ich habe meiner Mitbewohnerin versprochen, dass ich sie endlich nach Hause begleite.«

Ángel war nicht begeistert, als sie ihm von Valencia erzählte. Noch weniger, dass die Reise schon am Freitag losgehen sollte und dass sie das nächste Wochenende getrennt verbringen mussten.

Er schlug ihr vor, sie zu den Fallas zu begleiten, doch sie redete ihm die Idee gleich wieder aus. Das Wochenende sollte einzig und allein ihr und ihren Mitbewohnern gehören, das hatte sie ihren Freunden versprochen. Carmen, Enrico und Katie. Ein solcher WG-Ausflug war schon längst überfällig gewesen.

»Dann lass uns heute oder morgen noch etwas unternehmen«, schlug er vor. In seiner Stimme klang noch immer ein wenig Enttäuschung mit, dass sie ihn bei ihrer Reise nicht dabei haben wollte. »Lass uns weggehen!«

»Ich kann nicht, ich hab Donnerstag eine Zwischenprüfung.«

»Dann übermorgen, nach deiner Prüfung?!«

Katie willigte ein. Nachdem sie Freitag Vormittag sowieso keine Vorlesung hatte, sprach nichts dagegen.

Weil Ángel Donnerstag Abend noch eine Kleinigkeit im Club zu erledigen hatte, begleitete Katie ihn und sah zu, wie er mit dem Kellner die Bestellungen fürs Wochenende durchging. Anscheinend war wieder eine Party geplant. Katie war nicht gerade begeistert davon, dass ihr Freund so viele Nächte in dem Club verbrachte, umgeben von all den halb nackten Frauen, die ihm aufreizende Blicke zuwarfen. Ihre Augen wanderten zu einer platinblonden Tänzerin, die sich lasziv an der Stange rekelte und dabei nicht viel mehr als ein kleines Lackhöschen und ein paar Nippel Pasties trug. Dann sah sie zu einer hübschen Dunkelhaarigen, im ultrakurzen, violetten Samtkleidchen, bevor sie instinktiv spürte, dass sie auch selbst beobachtet wurde. Katie drehte sich und fing den Blick von Lídia auf, der rothaarigen Schauspielerin vom Schiff. Lídia fixierte sie und Ángel. Ihr Gesicht wirkte ernst, sie schien etwas zu überlegen. Katie spürte, dass Lídia etwas von ihr wollte. Ihr etwas sagen wollte. Und sie war sicher, dass es mit dem Foto zu tun hatte. Als die Rothaarige auf sie zukam, drehte sie sich ihr entgegen, wollte sie gerade begrüßen, doch noch bevor sie in Hörweite war, wandte sich das Mädchen ab, um zu einem Tisch zu gehen. Katie sah, wie sie ihr den Rücken zudrehte. Einen Moment lang überlegte sie, ob sie der Frau vielleicht folgen sollte. Doch ebenso rasch, wie sie nach hinten gegangen war, kam sie wieder nach vorne und steuerte direkt auf Katie zu. Lídia sagte nichts. Kein Wort, kein Gruß. Dafür streifte sie Katie im Vorbeigehen, so dass diese erschrocken zurückwich.

»Sag mal kennst du die?«

Ángel war ihrem Blick gefolgt und nickte.

»Das ist Lídia Torrantes Muñoz. Schauspielerin, wie sie sich selbst bezeichnet. Ein bisschen dick aufgetragen, wenn du mich fragst. Ich würde sagen, sie ist jemand, der sich für ein bisschen Geld bei so ziemlich allem filmen lassen würde, wenn du weißt, was ich meine.«

Ángel schob Katie aus dem Club zu seinem Auto. »Ich würde vorschlagen, wir nehmen noch einen Drink am Puerto Olímpico und dann fahren wir zu mir?«

Katie nickte. »Aber lassen wir es nicht zu spät werden, okay?«

Als sie gerade in ihrer Tasche nach ihrem Handy suchte, um Carmen eine Nachricht zu schicken, spürte sie etwas Weiches. Ein zusammengeknülltes Taschentuch. Dabei war sie sicher, keines eingesteckt zu haben. Neugierig zog sie es hervor und war überrascht, darauf eine Nachricht zu sehen.

Ich muss dringend mit dir sprechen. Es geht um das Mädchen am Foto! Komm allein! Lídia

Darunter war eine Adresse angegeben, allerdings keine Telefonnummer.

Schnell steckte sie das Taschentuch zurück in ihre Tasche. Das musste ihr die Rothaarige an der Bar zugesteckt haben! Sie wusste etwas! Katies Herz machte einen Sprung.

»Was hast du da?«, fragte Ángel.

»Ach nichts. Nur wegen morgen«, log sie. »Ich hab mir aufgeschrieben, was ich noch einpacken muss für Valencia.«

28. KAPITEL

Er war mit der U-Bahn gekommen, denn er wollte nicht, dass sein Auto jemandem auffiel. Die Kapuze seiner Jacke hatte er weit in die Stirn gezogen und war damit nicht der Einzige, denn es hatte angefangen zu regnen und da liefen viele so rum. Er sah sich noch einmal um, dann verschwand er im Hauseingang, fuhr hoch in den vierten Stock und stieg aus dem Lift. Der Gang vor den Wohnungen war dunkel, es war kein Laut zu hören. Gut möglich, dass die Nachbarn alle unterwegs waren.

Er holte ein Stemmeisen aus der Tasche, die er sich speziell für diesen Zweck besorgt hatte und mit ein paar schnellen Handgriffen hatte er die Tür aufgehebelt. Schön, dass die Wohnungen hier nicht besonders gut gesichert waren. Bei einer Tür mit Mehrfachverriegelung, hätte er sich schon wesentlich mehr anstrengen müssen.

Er schob die Tür hinter sich zu und ging in den Vorraum. Er hatte nicht viel Zeit, denn mit ein bisschen Pech würde jemand von nebenan nach Hause kommen und das kaputte Türschloss bemerken. Er ging schnurstracks in das Zimmer, wo sich befand, was er suchte. Es sah ordentlich aus. Aufgeräumt. Katie musste vor ihrer Abreise noch geputzt haben. Er sah sich um, wurde unter dem Bett fündig. Ungeduldig zerrte er den Koffer hervor, riss den Deckel hoch und wühlte sich durch eine Unmenge an Wäsche. *Verräterin*, dachte er, als er Majas Lackkleid in Händen hielt und ihre Schuhe. Zugleich empfand er fast so etwas wie Sehnsucht, als er die Dessous sah und sich an die schönen Stunden erinnerte, die sie miteinander verbracht hatten. Die sinnlichen Freuden und Qualen, die sie sich gegenseitig beschert hatten.

Er kippte den Inhalt aus dem Koffer, schüttelte jedes Kleidungsstück aus und öffnete jede Schachtel. Es war nichts Ungewöhnliches zu sehen. Auch in der kleinen, rot gestreiften Kosmetiktasche fand er nichts anderes als Kosmetikartikel. Noch einmal wühlte er sich durch den Kleiderberg, ehe er alles zurück in den Koffer warf. Vielleicht war hier wirklich nichts zu finden. Wahrscheinlich machte er sich bloß selbst verrückt mit seiner Angst.

Sicherheitshalber sah er sich auch am Schreibtisch um, in den Kästen und Schubladen der Kofferfinderin. Nur für den Fall, dass sie doch etwas aus dem Gepäckstück entwendet haben sollte. Doch die Zeit drängte und er gab es auf. Es war weg. Es war von der Bildfläche verschwunden, genau wie Maja und das war gut so.

Er machte noch eine kleine Runde durch die Wohnung, nahm alibimäßig ein paar Ohrringe, die im

Badezimmer herum lagen und Bargeld, das er in den anderen Zimmern fand. Viel war in der Wohnung ohnehin nicht zu holen. Vermutlich wären echte Einbrecher auch gar nicht so blöd gewesen, ausgerechnet eine billige Studentenwohnung auszurauben. Andererseits gab es genügend Verrückte auf dieser Welt und denen war alles zuzutrauen.

29. KAPITEL

Müde aber gut gelaunt hob Katie den Koffer hoch in die Gepäckablage des Zugs. Sie war froh, dass ihr Ángel ein kleineres Gepäckstück geliehen hatte, und dass sie nicht den großen, schwarzen Koffer der Fremden hatte ausräumen und für den Wochenendtrip benutzen müssen. Gepäck hatte sie ohnehin nicht viel dabei gehabt, aber das wäre auch gar nicht nötig gewesen. Katie sank auf die Bank gegenüber von Carmen und Enrico und lehnte sich ans Fenster.

Es war ein tolles Wochenende gewesen! Sie hatten Glück gehabt mit dem Wetter, denn obwohl es am Freitag alles andere als gut ausgesehen hatte, war das Wochenende überraschend sonnig geworden und so hatten sie die Abende in den Straßen verbringen und sich die Umzüge, die Skulpturen und jede Menge Feuerwerke ansehen können.

Noch immer taten Katie ein wenig die Ohren weh, wenn sie an die Mascletàs dachte, kleine Knallkörper, die mittags quasi im Sekundentakt entzündet worden waren und für ordentlichen Krach gesorgt hatten. Aber das gehörte eben auch dazu, hatte ihr die spanische Wohnungsgenossin erklärt. Alles in allem war das Fest überwältigend gewesen. Besonders die

Ofrena de Flors, eine Art Opfergang zu Ehren der Heiligen Jungfrau der Schutzlosen, hatte es Katie angetan, wo unzählige Frauen und Männer in traditionellen Kostümen Blumen gebracht hatten, um damit eine über zehn Meter hohe Jungfrauenstatue zu schmücken. An die fünfzig Tonnen Rosen, Tulpen, Lilien und Nelken kamen hier zum Einsatz, hatte Carmen erklärt. Und die mussten aus allen Ecken und Enden Spaniens herangeschafft werden.

Aber nicht nur die Fallas hatten sie beeindruckt, auch die Stadt selbst hatte Katie so gut gefallen, dass sie beschlossen hatte, irgendwann im Frühsommer nochmals zu kommen, damit sie die Stadt auch jenseits der Feierlichkeiten kennenlernen konnte. Die alten Gassen der Altstadt hatten ihr gut gefallen, und der Turia, ein trockengelegtes Flussbeet, das inzwischen zu einem wunderschönen Park geworden war, der sich durch die ganze Stadt zog, hatte sie richtiggehend verzaubert.

Leider hatte die Zeit nicht mehr gereicht, um sich die Ciudad de las Artes y de las Ciencias näher anzusehen, eine Ansammlung verschiedenster Museen für Kunst und Wissenschaft, sowie das Meeresmuseum, das angeblich viel größer war, als alle anderen in Europa. Auch das wollte Katie bei ihrem zweiten Besuch unbedingt nachholen.

Doch jetzt war sie erst einmal müde, lehnte sich gegen die Scheibe und machte den MP3-Player an, um die Fahrtzeit zurück nach Barcelona für ein kleines Nickerchen zu nutzen.

Es war schon dunkel, als der Zug am Hauptbahnhof ankam und Enrico musste seine beiden Mitbewohnerinnen wecken. Verschlafen schleppten sie sich Richtung U-Bahn, beschlossen dann aber doch, dass es sich auszahlen würde, sich zu dritt ein Taxi zu teilen. Enrico übernahm die Rechnung, als kleines Dankeschön, wie er sagte. Dann eilte er seinen Mitbewohnerinnen hinterher zum Lift.

»Endlich daheim.« Carmen wollte gerade ihren Schlüssel ins Schloss stecken, als die Wohnungstür nachgab. Fragend sahen sich die drei Mitbewohner an.

»Wartet mal!« Enrico schob die beiden zurück und drängte sich an ihnen vorbei in die Wohnung. »Da ist jemand!«

»Was?« Carmen schnappte panisch nach Luft.

Katie ließ vor Schreck den Koffer los.

Enrico deutete beiden still zu sein und griff nach der großen Vase, die gleich neben der Eingangstür am Ablagepult stand. Leise schlich er in den Vorraum, dann drehte er das Licht an. Er hatte die Vase wie einen Baseballschläger gehoben, willig und bereit, einen möglichen Einbrecher niederzuschlagen, doch in der Wohnung war niemand. Alle Zimmer waren leer.

Die offenen Laden und das Chaos am Boden zeigten allerdings deutlich, dass sie am Wochenende ungebetenen Besuch gehabt hatten.

30. KAPITEL

»Habt ihr schon festgestellt, was euch fehlt?«

Carmens Bruder Miguel saß bei den dreien in der Küche und versuchte seine Schwester zu beruhigen, die noch immer unter Schock stand. Ein Polizist war eine Stunde zuvor da gewesen, um den Fall aufzunehmen und Spuren sicherzustellen, doch große Hoffnung hatte er den jungen Leuten nicht gemacht, dass der oder die Täter jemals gefasst werden würden. »Einbrüche wie diesen gibt es viele«, hatte er gesagt. »Das sind organisierte Banden, die gezielt nach Schmuck und Bargeld suchen. Bis die Leute bemerkt haben, was alles fehlt, ist das Zeug längst ins Ausland verschwunden.«

»Mir fehlt nicht viel«, sagte Enrico. »Ein bisschen Bargeld ist weg, das ich in meiner Sparbüchse hatte. Meinen Laptop hatte ich zum Glück mit in Valencia.«

»Mir fehlt auch Geld«, sagte Carmen, die noch immer ganz feuchte Augen hatte. »Ich hatte zweihundert Euro am Schreibtisch, die sind verschwunden. Und meine Goldohrringe auch.«

»Und dir Katie?«

Katie senkte den Kopf und holte tief Luft. Sie musste sich zusammenreißen, nicht selbst loszuheulen, bei dem Pech, das sie momentan verfolgte. Erst der Koffer, jetzt der Einbruch! Ihr Zimmer hatte es mit Abstand am schlimmsten getroffen, sie hatte noch nicht einmal eruieren können, was alles weg war. Auf den ersten Blick hatte sie nur gesehen, dass alle Schubladen und alle Kastentüren offen standen. Sogar den fremden Koffer unter ihrem Bett hatte jemand nach Wertgegenständen durchsucht, wie das verbliebene Chaos deutlich machte.

»Warum passiert ausgerechnet uns so ein Mist?«, jammerte Carmen. »Als ob es bei uns irgendwas zu holen gebe!«

Ihr Bruder legte den Arm um sie und streichelte ihr beruhigend über den Rücken. »So wie ich das sehe, seid ihr recht glimpflich davon gekommen. Bei einem Bekannten von mir wurde letztens eingebrochen, da haben die Kerle wirklich alles aus dem Haus getragen, das nicht niet- und nagelfest war. Fernseher, Laptop, Klamotten. Sogar die Kaffeemaschine!«

Enrico sah panisch zur Anrichte, stellte aber erleichtert fest, dass sein geliebter Espresso-Kapsel-Automat noch an seinem Platz stand.

Ein Läuten an der Tür ließ die Runde aufhorchen.

»Das ist Ángel«, sagte Katie, »ich hab ihn angerufen, weil ich ihn heute bei mir haben wollte.«

Eine eigenartige Spannung lag in der Luft, als er die Küche betrat, fast so, als würde elektrischer Strom durch den Raum laufen. Carmen und Enrico musterten den Neuankömmling skeptisch, sie versuchten den Mann einzuschätzen, mit dem ihre Wohnungskollegin seit Neuestem so viel Zeit verbrachte. Er war attraktiv, das entging auch Katies spanischer Mitbewohnerin nicht. Er war groß, gut gebaut und hatte ein sehr charismatisches Lächeln. Dazu diese dunklen Augen, in denen man versinken konnte. Dennoch hatte der Mann etwas an sich, das sie nervös machte. Noch viel nervöser schien aber ihr Bruder Miguel den Neuankömmling aufzunehmen. Einen Augenblick lang lag eine bedrückende Stille im Raum. Ángel und Miguel tauschten Blicke, die die anderen kaum einzuschätzen vermochten. Die Küche schien plötzlich viel zu klein für ihre Gäste.

»Hallo«, sagte Miguel und streckte dem anderen die Hand entgegen.

»Wir kennen uns von diversen Clubbings«, fügte er hinzu, um die unausgesprochene Frage seiner Schwester zu beantworten.

Der Smalltalk wirkte bemüht und Ángel war erleichtert, als er den Raum verlassen konnte, um Katie auf ihr Zimmer zu begleiten.

»Der DJ ist Carmens Bruder?«, fragte er misstrauisch.

Katie nickte. Eine Weile saßen sie schweigend nebeneinander, dann zog er sie in seine Arme und hielt sie fest.

»Ich bin froh, dass du zurück bist und dass dir nichts geschehen ist! Ich hab mir Sorgen gemacht, als ich gehört habe, was passiert ist!«

Katie schmiegte sich an ihn und eine kleine Träne lief ihr über die Wange.

»Hey, nicht weinen«, versuchte er sie zu beruhigen. »Es ist doch alles in Ordnung. Ist ja noch mal gut ausgegangen!«

»Es ist dieses Gefühl«, Katie machte eine Pause, um die richtigen Worte zu finden, »es ist einfach so beängstigend, zu wissen, dass da jemand im Zimmer war, der meine Privatsachen durchwühlt hat!« Sie sah ihn an und fragte sich, ob er sie verstand. »Außerdem… könnte der jederzeit wiederkommen!«

»Nein, mach dir da mal keine Sorgen! Der kommt so schnell sicher nicht wieder!« Ángel lächelte sie an, um ihr Mut zu machen. »Aber weißt du was? Wieso kommst du nicht einfach mit zu mir? Pack deine Sachen und zieh bei mir ein! Ich pass auf dich auf und lass nicht zu, dass dir jemand zu nahe kommt. Wir verriegeln alles, dann sind wir so sicher wie in Alcatraz.«

Katie schüttelte den Kopf, zum Zusammenziehen war es wirklich noch Monate zu früh. Aber zumindest hatte er ihr ein kleines Lächeln entlocken können.

»Würdest du mir einen Gefallen tun?«, fragte sie und schmiegte sich näher an ihn.

»Alles was du willst, meine Schöne.«
»Bleib heute Nacht bei mir!«
Er nickte und drückte sie fest an sich.

31. KAPITEL

Am Dienstag konnte es Katie kaum erwarten, dass ihre Vorlesungen zu Ende gingen. Marketing und Projektmanagement zogen langsam an ihr vorbei, während Katie in Gedanken noch immer bei der letzten Nacht mit Ángel war. Er war bei ihr geblieben, die ganze Nacht. Und das, obwohl ihr Bett gerade einmal neunzig Zentimeter breit war. Es war ihm egal gewesen, er hatte sie in seinen Armen gehalten, sich ganz eng an sie gekuschelt und sie beschützt, bis sie irgendwann gemeinsam eingeschlafen waren. Katie seufzte. Wieso musste ausgerechnet ein Einbruch der Auslöser für die schöne, gemeinsame Nacht gewesen sein?

In der Früh hatte sie mit ihrem Gewissen gerungen, als Ángel sie fragte, was sie nach der Uni vorhatte. Doch sie hatte sich entschlossen, ihm nichts von der mysteriösen Botschaft in ihrer Handtasche zu erzählen und auch nicht von ihrem Plan, Lídia an der angegebenen Adresse zu besuchen. Irgendwie hatte sie das Gefühl gehabt, dass er schon genervt war, von ihrer Suche und dass er nichts mehr über den Koffer wissen wollte, obwohl er immer wieder das Gegenteil behauptete. Außerdem hatte er am anderen Abend sehr deutlich gemacht, dass er nicht viel auf diese Möchtegernschauspielerin hielt. Egal, Katie war neugierig.

Als die Nachmittagsvorlesung endlich zu Ende ging, nahm sie gleich den Bus zurück ins Zentrum, um die Adresse im Raval aufzusuchen. Es brauchte eine ganze Weile, bis sie die richtige Straße fand, weil die Gassen so verwinkelt waren, dass sogar ihr Smartphone ihr einen falschen Weg anzeigen wollte. Außerdem hatte es zu regnen begonnen und sie musste sich den Mantel über den Kopf halten, um nicht völlig nass zu werden. Als sie endlich an der gesuchten Hausnummer ankam, stellte sie überrascht fest, dass sie Lídia zu keiner Privatadresse geschickt hatte, sondern zu einem kleinen, unauffälligen Café, in dem es sich ein paar Leute mit Zeitungen oder ihren Laptops an den Tischen gemütlich gemacht hatten und Kaffee oder Bier tranken.

Katie schüttelte ihren nassen Mantel aus und ging zur Theke. »Ich suche Lídia, ist sie hier?«

Der Barmann sah sie fragend an.

»Lídia, ein hübsches Mädchen mit langen, roten Haaren?«

Er nickte und deutete mit seinem Kopf in den hinteren Bereich, wo sich der rote Lockenschopf hinter einer großen Zeitung versteckte. Als Lídia Katie sah, blickte sie überrascht auf und deutete ihr, Platz zu nehmen.

»Ich hab nicht gedacht, dass du noch vorbeikommst.«

»Ich war die letzten Tage nicht in der Stadt.« Katie lächelte entschuldigend. »Bist du immer hier?«

»Kann man so sagen. Ich wohne hier drüber.« Lídia deutete zu einem Haus schräg gegenüber. »Du hast Glück, dass du mich noch erwischt hast.«

»Oh.«

»Demnächst startet ein Filmprojekt, dann bin ich ziemlich ausgebucht.«

Katie musste an Ángels Worte denken und fragte sich, welche Art von Filmprojekt das wohl sein mochte. Dann schob sie den Gedanken schnell beiseite. Sie war nicht hergekommen, um Lídias Lebensstil zu verurteilen. Sie war hier, weil sie hoffte, dass die Frau ihr helfen konnte.

Katie legte das Foto vom Mädchen auf den Tisch. »Du kennst sie also?«

Lídia nickte und nahm das Bild an sich. Ein Lächeln breitete sich auf ihrem Gesicht aus. »Sie hieß Maja. Sie war wunderschön.«

»War?« Katie spürte einen kühlen Schauer ihr Rückgrat hinunterlaufen.

»Naja, sie ist schon eine Weile weg.« Lídia lehnte sich über den Tisch zu Katie, so als müsse sie leiser sprechen, damit sie bloß niemand belauschen konnte. »Sie war ein paar Mal im Club. So vor drei, vier Monaten. Sie hat toll getanzt.« Lídias Stimme hatte einen schwärmerischen Tonfall angenommen. »Aber dann hat er sie nicht mehr mitgebracht.«

»Er?« Katies Puls stieg allmählich in die Höhe, denn irgendwie ahnte sie die Antwort, noch ehe Lídia ihre hübschen, rot geschminkten Lippen bewegte.

»Ángel.« Sie hauchte den Namen so andächtig, als würde sie von einem Geist sprechen.

»Ángel.« Wiederholte Katie ungläubig. »Er kannte sie?«

Lídia begann zu lachen. Dann griff sie in ihre Tasche, um sich eine Zigarette anzustecken. Dass in dem Lokal, so wie fast überall in Spanien, rauchen verboten war, schien sie nicht weiter zu stören.

»Ob er sie kannte?«, wiederholte sie amüsiert. »Natürlich kannte er sie! Sie war sein Mädchen!«

Katie erstarrte auf ihrem Sessel zu einer Salzsäule. Ángel und Maja, wie Lídia die Frau genannt hatte, waren befreundet gewesen? Ein Paar? Warum hatte er ihr nichts davon gesagt? Was zum Teufel sollte das bedeuten?

Lídia blies den Rauch in kleinen Kreisen in die Luft, während sie Katies erschrockenen Gesichtsausdruck amüsiert beobachtete. »Er hat dir nichts erzählt, oder?«

Katie schüttelte den Kopf. Es dauerte einen Moment, bis sie sich wieder gefangen hatte. »Weißt du, wo ich sie finden kann?«

Lídia zuckte die Schultern. »Keine Ahnung. Ich hab

sie danach noch einmal auf einer Fetisch-Party gesehen, dann war sie komplett von der Bildfläche verschwunden. Und keiner sprach je wieder ein Wort von ihr.« Sie sagte den letzten Teil des Satzes, wie eine Märchenerzählerin und Katie spürte eine eisige Kälte durch ihre Glieder kriechen.

Lídia fragte nicht, warum sie nach Maja suchte. Auch nicht, in welcher Beziehung sie zu Ángel stand. Dafür brannte sich ihr letzter Satz in Katies Herz wie ein glühender Pfeil.

»Halt dich fern von ihm«, sagte sie, als sie im Begriff war zu gehen, »der Mann ist nicht der, der er vorgibt zu sein!«

Katie stürmte raus in den Regen. Sie dachte nicht mehr daran, ihren Mantel über den Kopf zu halten, auch nicht, sich irgendwo unterzustellen. Es war ihr völlig egal, dass sie innerhalb weniger Minuten vom Scheitel bis zur Sohle durchnässt war, als sie durch die abendlichen Straßen lief. Es spielte keine Rolle mehr.

32. KAPITEL

Der weißhaarige Portier begrüßte Katie freundlich, als sie die elegante Wohnhausanlage betrat. Sie war in den letzten Wochen so oft hier gewesen, dass er sie bereits gut kannte. Meistens hatten sie auch ein paar Worte gewechselt. Bloß heute nicht. Heute hatte Katie nicht die geringste Lust auf Smalltalk. Ungeduldig wartete sie auf den Lift, fuhr hinauf in den sechsten Stock und blickte direkt in das gutgelaunte Gesicht Ángels, als die Türen sich öffneten.

»Du verdammter Lügner!« Katie war so in Rage, dass sie ihn nicht einmal begrüßte.

Irritiert starrte er sie an.

»Wieso hast du mich angelogen? Wieso hast du gesagt, du kennst sie nicht? Du verdammter Mistkerl!«

»Was? Wen?« Verwirrung spiegelte sich in seinen Augen wieder.

»Maja!« Katie hielt ihm dasselbe Bild vor die Nase, das sie ihm schon mehrmals zuvor gezeigt hatte. »Ich weiß, dass du sie kennst! Ich weiß, dass ihr ein Paar seid… oder zumindest wart!«

Ángels Augen blieben starr auf dem Foto liegen.

»Warum hast du mir nicht gesagt, dass sie deine Freundin ist?«, fuhr Katie ihn an.

»Beruhig dich erst einmal! Soll ich dir ein Handtuch bringen?«

Er wollte sie an sich ziehen, doch sie riss sich sofort los und begann hysterisch um sich zu schlagen. »Greif mich nicht an, du verdammter Betrüger!«

Obwohl sie sich vorgenommen hatte, stark zu bleiben, wurde ihre Stimme immer zittriger. »Warum?«, krächzte sie. »Warum hast du mir das nicht gesagt?« Noch bevor Katie irgendetwas dagegen tun konnte, lösten sich die ersten Tränen und liefen ihr eigenmächtig die Wangen hinunter.

»Shhh!«

Sie versuchte noch einmal, Ángel wegzudrücken, doch sie hatte keine Kraft mehr.

»Du hast recht«, seufzte er schließlich. »Ich hab es dir nicht gesagt und das war ein großer Fehler.« Er schob sie sanft zum Sofa und setzte sich neben sie. »Aber du musst wissen, das mit Maja und mir ist schon lange vorbei. Es ging auch nicht lange, vielleicht ein paar Wochen oder so. Aber genau so plötzlich wie sie aufgetaucht ist, verschwand sie auch wieder. Eines Morgens war sie einfach weg. Kritzelte mir mit Lippenstift ein »Goodbye« auf den Spiegel und weg war sie.«

»Hast du sie nicht gesucht?«

»Doch. Natürlich! Ich habe sie erreichen probiert, bin zu ihrem Appartement gefahren und habe sie hundert Mal angerufen. Aber sie hat mich ignoriert.

Wahrscheinlich lag es an ihrem neuen Freund oder so, was weiß ich. Vielleicht war sie da auch längst zurück in Kolumbien.«

»Warum hast du mir nicht die Wahrheit gesagt?«

Ángel stand seufzend auf, um zwei Gläser mit Wasser zu holen. »Das wollte ich ja. Zuerst. Aber dann dachte ich, dass du sie vielleicht findest und mich zu ihr führen könntest. Ich dachte, du würdest sie kennen!«

»Aber ich hab dir doch von dem Koffer erzählt!«

»Ja, später. Aber da konnte ich es dir nicht mehr sagen. Da habe ich mich schon in dich... verliebt.« Er seufzte. »Ich wollte nicht, dass du denkst, dass ich dich nur benutze, um an ein anderes Mädchen ranzukommen! Du hättest mir die Lüge bestimmt nicht verziehen.«

Katie musste tief durchatmen. Er hatte recht, sie hätte ihm nicht verziehen. »Warum denkst du, dass ich es jetzt tue? Warum sollte ich dir noch irgendetwas glauben?«

Er nahm ihre Hand und hielt sie fest. »Du hast jedes Recht der Welt, wütend auf mich zu sein. Aber wenn du mir eines glauben kannst, dann ist es, dass ich dich gern habe. Verdammt gern.«

Er sah ihr in die Augen. »Maja Galán spielt schon lange keine Rolle mehr in meinem Leben. Überhaupt spielt keine andere Frau irgendeine Rolle.«

Sein Blick war schuldbewusst und voller Reue.

Katie wollte ihm glauben. Sie wollte in seinen schönen, dunklen Augen versinken.

»Wo ist das Appartement, in dem sie gewohnt hat?«

»Wieso?«

Sie zuckte die Schultern.

»Glaub mir, ich hab dort schon mit den Leuten gesprochen. Die wissen auch nicht, wo sie hin ist!«

»Sagst du es mir trotzdem?«

»Es macht keinen Sinn dorthin zu fahren!«

»Ich will es einfach wissen, okay?«

Er atmete hörbar aus. »Sie hat in der Carrer del Perú gewohnt, in dem Haus an der Kreuzung mit der Carrer de Bilbao, gegenüber vom Supermarkt.«

»Danke.« Sie nickte zufrieden. »Und die Telefonnummer?«

Ángel zückte sein Handy und zeigte ihr den Eintrag Maja. Dann drückte er auf das Anrufsymbol, damit Katie selbst der Ansage lauschen konnte, dass die Nummer nicht mehr verfügbar war.

»Katie, ich glaube es ist an der Zeit, die Sache zu vergessen. Ich hab das auch schon längst getan.«

Sie starrte eine Weile auf das schwarz-weiße Bild an der Wand und fixierte den roten Farbklecks in dessen Mitte, ehe sie sich wieder Ángel zuwandte.

»Vielleicht sollte ich den Koffer wegwerfen. Wo auch immer diese Maja jetzt ist, sie will ihn offenbar nicht mehr.«

33. KAPITEL

»Wie läuft es mit den Vorbereitungen?«

Rafael sah von der Zeitung auf, als er die bekannte Stimme hörte.

»Alles bestens. Ist von deiner Seite alles erledigt?«

»Ist es. Ich hab dir auch was Schönes mitgebracht!«

Er schob ihm unter dem Tisch ein Päckchen zu und sein Gegenüber hob erfreut die Augenbrauen. Er musste es nicht auspacken, um zu wissen, was er da erhalten hatte.

»Das sollte reichen, um deinen Gästen eine unvergessliche Nacht zu bescheren.«

Ein Lächeln huschte über Rafaels Gesicht, er wusste, dass er gute Gewinne einfahren würde.

»Wie sieht es mit den spezielleren Gästen und deren Sonderwünschen aus?«

»Alles vereinbart. Die wollen sich austoben, ein paar Erinnerungen mit nach Hause nehmen.«

»Na, das sollte doch leicht zu bewerkstelligen sein. Hast du dich entschieden, was das Mädchen betrifft?«

»Hab ich. Ich denke, ich bleibe bei der Rothaarigen. Die ist eine gute Wahl. Die wirkt so abgebrüht, dass die wahrscheinlich sowieso jeden Scheiß mitmacht.«

Rafael musste wieder grinsen.

Sein Gegenüber griff erneut in die Tasche und schob ihm unter dem Tisch ein kleines Fläschchen zu. »Hier! Falls sie doch nicht jeden Scheiß mitmacht.«

34. KAPITEL

Es war schon weit nach Mitternacht, aber Katie konnte nicht einschlafen. Noch immer spukten die Ereignisse des Tages durch ihren Kopf. Das Foto von Maja vor dem Club. Lídias Hinweis. Ángels Erklärung. Das war alles so abgefahren, so schräg! *War die Sache zwischen den beiden wirklich beendet? Oder hatte er dabei auch gelogen? Suchte er noch immer nach ihr? Und wieso war sie so schwer zu finden? Was, wenn sie plötzlich wieder auftauchte? Würde er dann zu ihr zurückkehren?* Katies Kopf schmerzte, sie wusste überhaupt nicht mehr, was sie glauben sollte und was nicht. Das Einzige, das sie mit Sicherheit wusste, war, dass sie so keine Ruhe finden würde.

Mit einem Seufzer tastete Katie am Boden neben dem Bett nach ihrem Laptop. Wenn sie schon nicht schlafen konnte, dann wollte sie die Zeit zumindest sinnvoll nützen.

»Wer bist du, Maja Galán?«, fragte sie das Gerät, das per Knopfdruck wieder zum Leben erwachte. Sie öffnete ein paar Fenster, versuchte ihr Glück auf Facebook, Twitter und Xing. Doch die Fotos, die sie dort zu dem Namen erhielt, kamen von einer anderen Maja. Katie klickte sich weiter, scrollte über diverse

Soziale Netzwerke und Namensverzeichnisse, um dann letztendlich doch noch einmal den Namen durch die Suchmaschinen laufen zu lassen. Maja Galán: 226.000 Ergebnisse. Sie versuchte, die Hits einzuschränken, tippte erst Kolumbien dazu und schließlich noch Barcelona. Viel Hoffnung hatte sie nicht mehr, etwas Brauchbares zu finden. Bis ihr ein Artikel der Tageszeitung ins Auge sprang. Ein Artikel mit der Überschrift *Tote Frau am Flughafen gefunden*.

»Sie ist tot! Jemand hat sie am Flughafen getötet!«

Katie stand noch immer unter Schock, als sie in Ángels Appartement stürmte und ihm den Ausdruck des Zeitungsartikels vor die Nase hielt. Dass es bereits halb drei Uhr morgens war, spielte keine Rolle. Er sah ohnehin nicht so aus, als ob er schon geschlafen hätte.

Verdutzt nahm er ihr den Zettel aus der Hand und begann zu lesen.

»Mein Gott, das darf doch wohl nicht wahr sein!«

Sein Gesicht spiegelte den Schrecken wieder, als er die Zeilen überflog

»Wir müssen den Koffer zur Polizei bringen! Du musst ihnen sagen, dass du sie gekannt hast!«

»Ich brauch einen Drink«, sagte er wie in Trance, »für dich auch?«

Katie war so in Rage, dass sie seine Frage gar nicht

hörte. Ángel lief trotzdem in die Küche und holte zwei Gläser, dazu eine Flasche Scotch und eine mit frischem Mineral.

»Wir gehen am besten sofort zur Polizei«, sagte Katie und war im Begriff gleich wieder aus der Tür zu verschwinden.

»Jetzt warte mal!« Er griff nach ihrer Hand und zog sie zur Couch. »Lass uns das in Ruhe besprechen.«

Sie riss sich los. »Was gibt's da zu besprechen? Das Mädchen ist tot und wir haben Hinweise!«

Ángel griff erneut nach ihrer Hand, um sie an sich zu ziehen. »Jetzt beruhig dich doch erst einmal! Ich sage ja nicht, dass wir irgendwas zurückhalten sollen. Aber wir müssen schon nachdenken, bevor wir was überstürzen.«

»Was meinst du?«, fragte sie verwirrt.

»Denkst du, die Bullen finden es nicht eigenartig, wenn der Exfreund beteuert, das Mädchen sei plötzlich verschwunden und seine neue Freundin zufällig dessen Koffer hat?«

»Aber wir haben doch nichts zu verbergen!« Katie sah ihn mit großen Augen an. Er sagte nichts, hielt nur ihren Blick fest, bis sie immer unsicherer wurde. »Oder… etwa doch?«

Noch immer kam kein Ton über seine Lippen und Katie trat unruhig von einem Bein aufs andere, bis sie die Stille nicht mehr aushielt.

»Hast du irgendetwas damit zu tun?«

Ihre Stimme klang plötzlich nicht mehr aufgeregt oder nervös. Auch nicht weinerlich, sondern scharf und direkt. Die blauen Augen funkelten ihn an, böse und bereit, sich auf ihn zu stürzen, wenn es notwendig sein sollte.

»Natürlich nicht!« Er warf ihr einen ebenso wütenden Blick zurück. »Sag mal, was denkst du eigentlich? Hältst du mich für einen Mörder? Wenn du das denkst, dann geh doch bitte! Lauf zur Guardia Urbana!«

Katie stützte sich aufs Brett vor dem halb geöffneten Fenster und sog die kühle Nachtluft tief in ihre Lunge. Das war alles zu viel für sie. Sie musste raus. Nachdenken.

»Wo willst du hin?« Ángel folgte ihr zum Lift und griff nach ihrer Hand, doch sie schüttelte ihn wieder ab. »Zur Polizei?«

»Nein. Ich… möchte einfach alleine sein, okay? Nachdenken. Schlafen! Ich melde mich bei dir.«

»Warte! Ich fahr dich nach Hause!« Er griff nach seinen Autoschlüsseln. »Ich will nicht, dass du um diese Zeit alleine unterwegs bist!«

»Ich bin ein großes Mädchen!« Sie schob ihn von sich weg und wartete bis die Tür vor ihr aufging. »Ich komm alleine klar!«

Ohne sich noch einmal umzudrehen, stieg sie in den Lift und fuhr nach unten.

Schlafen konnte sie freilich auch in den nächsten Stunden nicht. Unruhig wälzte sie sich in ihrem Bett hin und her, die Bilder in ihrem Kopf wollten ihr einfach keine Ruhe gönnen. Sie drehte sich nach, schielte auf die Uhr am Handy. Vier Uhr morgens. Wieder versuchte sie, die Augen zuzumachen, doch sie war noch immer zu aufgewühlt. Fünf Uhr morgens. Es wurde nicht besser. Katie konnte bereits den ersten Frühverkehr hören, als sie endlich von der Müdigkeit übermannt wurde.

35. KAPITEL

Am nächsten Morgen fühlte sich Katie schrecklich. Der Kopf tat ihr weh und irgendwie schmerzte jeder Knochen im Körper, fast so als wäre sie über Nacht schlagartig gealtert. Müde sah sie aufs Handy und stellte fest, dass es ohnehin bereits zu spät war. Die erste Vorlesung ging schon dem Ende zu und selbst wenn sie sich jetzt sofort auf den Weg gemacht hätte, hätte sie es bestenfalls bis zur Mitte des zweiten Kurses auf die Uni geschafft. Da konnte sie es auch gleich sein lassen. Katie drehte sich noch einmal um, raffte sich dann aber doch auf und schleppte sich in die Küche, um sich eine Tasse Kaffee zu machen. Am Tisch lag eine Einkaufsliste mit Enricos Handschrift. »Bitte für den Kuchen einkaufen«, las sie und schluckte. Carmens Geburtstag hatte sie völlig vergessen! Wie gut, dass sich ihre Mitbewohnerin keine große Feier gewünscht hatte, sondern bloß ein gemütliches Essen unter Freunden.

Katie verbrachte den restlichen Vormittag damit, den versäumten Vorlesungsstoff in den Büchern nachzulesen, dann ging sie mit Enricos Einkaufsliste in den Supermarkt und am späteren Nachmittag machte sie sich auf die Suche nach dem Geschäft, in dem sie Carmens Lieblings-Bio-Kosmetikmarke führten. Als sie ihre Mission im Einkaufszentrum Glòries erfolgreich hinter sich gebracht hatte, wollte sie am liebsten gleich wieder heim. Es war bereits spät und es war so viel los, dass das Shoppen noch weniger Spaß machte als sonst. Katie flüchtete vor den Menschenmassen durch einen schmalen Weg auf die Hinterseite des Einkaufszentrums und zückte schließlich ihr Handy, um nachzusehen, wie sie am schnellsten zurück zur U-Bahnstation kommen sollte. Carrer del Perù, identifizierte sie ihren Standort und starrte überrascht aufs Handy. Die Kreuzung zur Carrer de Bilbao war bloß drei Blocks von ihr entfernt. *Majas Appartement!*

Katie wusste nicht genau, warum sie dorthin wollte und ihr war klar, dass sie auch nicht mehr erfahren würde, als Ángel. Dennoch trieb sie eine Stimme in ihrem Inneren dazu, die Straße weiterzugehen, bis sie vor dem roten Gebäude gegenüber vom Supermarkt stand und neugierig den Eingang musterte. An der Tür waren keine Namen angebracht, nur Nummern. Sie fragte sich, was sie jetzt machen sollte. Anläuten? Herumfragen, wer Majas direkte Nachbarn waren?

Sie entschied, fürs Erste ein paar Worte mit dem Portier zu wechseln und marschierte in die Lobby.

»Hallo«, sagte sie und ein älterer Herr mit silbernem Haarkranz sah kurz von seiner Zeitung auf, um ihr zuzunicken.

»Ich suche Maja Galán.«

Für einen Moment legte er die Zeitung zur Seite.

»Sie meinen die junge Frau, mit den langen dunklen Haaren?«

Katie nickte.

»Bedaure, die wohnt nicht mehr hier!«

Er griff wieder nach seiner Zeitung. Anscheinend wusste er gar nichts davon, dass die Frau inzwischen verstorben war. So schnell war Katie aber nicht bereit, aufzugeben.

»Haben Sie irgendwelche Kontaktdaten von ihr?« Er sah auf, sichtlich genervt von der neuerlichen Unterbrechung und schüttelte den Kopf.

»Können Sie mir sonst irgendetwas sagen? Gab es jemanden, der sie gut gekannt hat?«

Er überlegte, dann schüttelte er wiederum den Kopf. »Ich weiß nicht«

»Aber sie muss doch mit irgendwem…«

Ein Piepsen unterbrach sie und sie sah am Display ihres Handys ein Foto aufleuchten, das Carmens Bruder Miguel beim Kochen zeigte. »Wo bleibst du?«, las sie die Nachricht ihres Mitbewohners Enrico, »Wir brauchen Verstärkung!«

»Der kennt sie.«

Katie folgte dem Blick des Portiers auf ihr Smartphone. »Wie bitte?«

»Na dieser Mann!«, er zeigte auf Miguel. »Der war

166

ein paar Mal mit ihr hier! Der war ziemlich sauer an dem Tag, als sie auszog.«

Verdutzt starrte Katie das Foto an. Der Alte musste sich irren. Miguel kannte Maja nicht, das hatte er ihr selbst gesagt. Ángel kannte Maja. Doch von dem hatte sie kein Foto bei sich.

»Sind sie sicher?« Er nickte, aber seine Aufmerksamkeit war längst zurück zur Zeitung gewandert.

»Danke«, murmelte sie und ging zur Tür.

Er hatte nicht richtig hingesehen. Er hatte die beiden bestimmt verwechselt. Immerhin hatten Ángel und Miguel eine ähnliche Statur. Beide groß, sportlich gebaut, mit dunklem Haar.

Doch einmal eingepflanzt, wollte der Gedanke sie nicht wieder loslassen. *Was, wenn Miguel sie auch belogen hatte?*

36. KAPITEL

Den ganzen Abend über musste Katie an den merkwürdigen Hinweis denken. Hatte der Hauswart wirklich denselben Mann gemeint? Den Miguel, der jetzt hier so liebevoll für seine Schwester den Kochlöffel schwang? Der gemeinsam mit Enrico eine kleine Showeinlage zu Kiss zum Besten gab, während der Braten im Rohr schmorte?

Miguels Blick war aufrichtig, wenn er sie ansah. Sie konnte sich nicht vorstellen, dass er ihr etwas verschwieg. Und doch wusste sie, dass sie der Sache nachgehen musste.

Das Essen war köstlich und Carmen freute sich sehr über die gelungene Überraschung. Das Ángel nicht am Essen teilnahm, schien niemanden zu wundern. Jedenfalls fragte keiner nach ihm. Carmen öffnete der Reihe nach die Geschenke von Enrico, Katie und Miguel. Sie freute sich über den Blumenstock und die Ohrringe von Enrico, die er ihr als kleinen Trost für den Einbrecher-Verlust geschenkt hatte. Auch die Kosmetik von Katie zauberte ihr ein Lächeln auf die Lippen. Aber am allermeisten freute sie sich über die Konzerttickets, die ihr ihr Bruder geschenkt hatte.

»Wow, das ist...« Carmen fehlten die Worte. »Vielen Dank, Miguel«, seufzte sie. »Und euch auch ein ganz großes Dankeschön!«

Der Reihe nach drückte sie ihren Bruder und ihre Mitbewohner. »Ich denke, ich bring die Blumen gleich nach draußen auf den Balkon und suche ein schönes Plätzchen!«

»Ich komm mit.« Katie folgte Carmen aus der Küche in den Wohnraum und weiter auf den kleinen Balkon, den sie erst vor Kurzem gemeinsam liebevoll zu einem Kräutergarten umfunktioniert hatten.

»Ich bin echt sprachlos«, strahlte Carmen noch immer, während sie die Blumen probeweise an verschiedene Stellen rückte. »Ihr seid der absolute Wahnsinn! Und das Alejandro Sanz Konzert! Das ist so geil!«

Katie grinste. »Dein Bruder hat eben Musikgeschmack. Muss er wohl auch als DJ.«

Carmen erwiderte ihr Grinsen und fand endlich die perfekte Position für den Blumentopf.

»Sag mal«, begann Katie, »wie lange macht Miguel das eigentlich schon? Als DJ durch die Clubs ziehen, meine ich.«

Carmen überlegte. »Naja, er hat schon früher in Valencia ab und an bei Partys aufgelegt. Aber dann hatte er kaum noch Zeit wegen seinem Job.«

»Job?«

»Miguel ist Polizist. Oder besser gesagt war er das

mal. Vor einem Jahr hatte er wohl einen Sinneswandel, hat die Uniform an den Nagel gehängt und beschlossen David Guetta Konkurrenz zu machen.«

»Ladies, wo bleibt ihr?«, Enrico steckte die Nase durch die Balkontür. »Was haltet ihr davon, wenn wir noch auf einen Drink ins *Batida* gehen?«

»Auf jeden Fall!« Grinsend zog Carmen ihre Mitbewohnerin hinter sich her. Katie folgte ihr seufzend. Sie war müde und hatte eigentlich überhaupt keine Lust mehr, irgendwohin zu gehen. Doch an ihrem Geburtstag konnte sie Carmen den Wunsch einfach nicht abschlagen.

Das Lokal war ziemlich voll für einen Wochentag. Also stellten sie sich mit den Drinks, die Enrico und Miguel geholt hatten, an die Bar. Dankend nahm Katie ihren Cocktail in Empfang, ließ sich auf einen Barhocker fallen und beobachtete ihre Freunde, wie sie scherzten und lachten. *Was spielst du nur für ein Spiel, Miguel?*, fragte sie sich. *Was verschweigst du mir? Immer wieder ging sie in Gedanken die Dinge durch, die sie über ihn wusste:*

Er war seit letztem Sommer in Barcelona. Er arbeitete als DJ und trat in ziemlich berüchtigten Clubs auf. Davor war er ein Polizist gewesen. Er hatte Maja kurz vor ihrem Tod kennengelernt, es aber verheimlicht.

»Können wir alleine sprechen?«

Katie ignorierte die Blicke, die sie von ihren Mitbewohnern erntete. Gewiss dachten sie, sie würde ihm gleich ihre Liebe gestehen oder so ähnlich. Weit gefehlt!

Miguel sah Katie überrascht an, dann zog er sie hinter sich her aus der Bar auf die Terrasse.

»Was gibt's? Geht es um Carmen?«

»Nein«, winkte sie ab. »Es geht darum, dass ich weiß, wer du bist.«

Er sah sie irritiert an. »Natürlich weißt du, wer ich bin!«

»Du bist ein Polizist, Miguel. Und du bist es noch immer!«

Jetzt war er wirklich baff.

»Ich weiß es, Miguel! Ich kann eins und eins zusammenzählen! Du hast deinen Job nicht an den Nagel gehängt, um in ominösen Clubs als DJ aufzutreten, so wie du es alle glauben machen willst! Du bist dort unterwegs, weil du an irgendetwas arbeitest! Ich weiß auch, dass du Maja Galán gekannt hast. Du hast damals schon so überrascht geschaut, wegen ihrem Foto und dem Koffer.«

Erst wirkte er belustigt, aber je länger sie redete, umso ernster wurde sein Gesichtsausdruck.

»Das ist Quatsch, Katie. Hat dich dein Freund auf diese absurde Idee gebracht?«

»Ángel? Nein! Er hat nichts damit zu tun!«

»Hast du ihm deine unsinnige Theorie erzählt?«

»Nein!«, jetzt war sie es, die empört klang. »Verkauf mich nicht für blöd, Miguel! Ich weiß, dass du da an irgendetwas dran bist! Sag mir, dass ich Recht habe, oder ich…«

»Oder was?«

»Oder ich frage Ángel, was er davon hält.« Sie wusste, dass sie damit einen wunden Punkt getroffen hatte.

Seufzend führte Miguel Katie ein paar Schritte weiter, um sich von der Gruppe zu entfernen, die eben zum Rauchen aus dem Lokal nach draußen gekommen war.

»Hör zu Katie, ich dürfte dir das eigentlich überhaupt nicht erzählen. Eigentlich riskiere ich jetzt schon meinen Job, weil ich dieses Gespräch überhaupt führe!« Er sah sie eindringlich an. »Du darfst deinem Freund auf keinen Fall sagen, wer ich bin!«

Sie nickte. »Werde ich nicht.«

»Und auch sonst keinem!«

Er fixierte sie einen Augenblick lang, schien abzuwägen, ob er ihr glauben konnte.

»Ich bin letzten August hierher versetzt worden, weil eine deutsche Touristin verschwunden war, die nach Angaben ihrer Freunde in der BDSM-Szene unterwegs war, Annemarie Schneider. Und sie war anscheinend nicht das erste vermisste Mädchen, das regelmäßig in diesem Club verkehrte. Also habe ich

172

mich in der Szene unter die Leute gemischt.«
»Und Maja kennengelernt?«

Er nickte und ein bitteres Lächeln umspielte seine
Lippen. »Maja wollte mir helfen! Sie hat Beweise für
mich gesucht!«

»Und jetzt ist sie tot!« Katies Stimme war nur noch
ein Flüstern. »Der Koffer«, stammelte sie, »ich muss
ihn zur Polizei bringen!«

Miguels Handy klingelte, aber er drückte den Anruf weg. »Das musst du auf jeden Fall. Ich kann den
Koffer nachher mitnehmen, wenn du willst. Obwohl
ich nicht glaube, dass dort noch irgendetwas Brauchbares zu finden sein wird.«

»Du meinst…« Katie sah ihn mit großen Augen an.

»Ich glaube nicht, dass zufällig bei euch eingebrochen wurde.«

Katie wurde schwindelig. Wo war sie da bloß hin-
eingeraten?

»Denkst du, dass…«, Katie starrte hinauf in den
Nachthimmel, betrachtete den Mond, der wie eine Si-
chel in der Ferne schwebte und von unzähligen hellen
Sternen umgeben war, so als ob sie ihm den Weg
leuchten wollten. Katie riss sich los, um Miguel anzusehen. »Denkst du, dass Ángel etwas mit der Sache
zu tun hat?«

Einen Moment lang sagte er nichts, es wirkte fast,
als ob er seine Worte ganz genau abwiegen würde.
Doch die Sorgen, die ihm ins Gesicht geschrieben

173

standen, konnte er nicht vor ihr verbergen.

»Er wusste, dass du an dem Wochenende in Valencia warst oder?«

Katie nickte. Vermutlich war er sogar der Einzige gewesen, der davon gewusst hatte.

»Sei vorsichtig, Katie«, sagte Miguel. »Ich denke, du hast dich da mit einem sehr einflussreichen und gefährlichen Mann angelegt.«

Katie lief ein kühler Schauer über den Rücken. Miguels Worte klangen nicht wie die eines eifersüchtigen Verehrers, sondern viel mehr wie die eines großen Bruders. Die eines Beschützers, der ahnte, vielleicht sogar wusste, dass sie mit dem Feuer spielte. Und Katie war mit einem Mal klar, dass das der Grund war, warum er sich in den letzten Wochen ständig bei ihnen gemeldet hatte, obwohl sie ihn im halben Jahr davor nie zu Gesicht bekommen hatte.

Katie sah zu, wie Miguel einen Code in sein Handy tippte und es dann an sein Ohr nahm. Ein Blick von ihm deutete ihr, ihn besser alleine zu lassen.

Als er sie später zurück in die Wohnung begleitete, verabschiedeten sich Carmen und Enrico mit einem Augenzwinkern und ließen die beiden alleine. Zweifelsohne dachten sie, die beiden wollten für sich sein, als er ihr ins Zimmer folgte, um den Koffer in Empfang zu nehmen.

»Wenn dir noch irgendetwas einfällt, das uns weiterhelfen könnte, sag mir Bescheid!«

»Warte.« Katie stand in der offenen Tür und sah zu, wie sich der Aufzug vor ihm öffnete und gleich wieder schloss, als er nicht einstieg.

»Das Foto.«

»Ach ja.«

Er sah das Mädchen noch einmal kurz an, dann steckte er das Bild in die Tasche.

37. KAPITEL

Lídia stand vor dem großen Spiegel neben ihrer Wohnungstür und prüfte ein letztes Mal ihr Styling. Sie war etwas nervös, aber das war nicht das einzige Gefühl in ihrem Bauch. Da war Aufregung. Vorfreude. Hoffnung, dass sie heute Abend diesen Filmproduzenten von sich überzeugen würde und dass er ihr endlich den ersehnten Durchbruch bescheren konnte. Oder wenigstens den Sprung von der Schmuddelfilmecke in seriöse Produktionen. Ein Blick auf die Uhr bestätigte, dass sie sich auf den Weg machen musste, denn sie wollte den Wagen auf keinen Fall warten lassen. Schnellen Schrittes ging sie die Stiegen hinunter, eilte durch die engen Gassen bis nach vorne an die Hauptstraße, wo sie einsteigen sollte. Pünktlich auf die Minute, hielt eine schwarze Limousine neben ihr.

»Wo fahren wir hin?«, fragte sie, als der Fahrer aufs Gas stieg, doch sie bekam keine Antwort. Sie wiederholte die Frage nicht, eigentlich war ihr auch vollkommen egal, wo die Feier stattfinden sollte, solange die richtigen Leute dort waren. Sie sah aus dem Fenster, während die mit Palmen gesäumten Straßen draußen vorbeizogen und beobachtete, wie sich die

Dämmerung langsam über die Stadt senkte und sie in ein geheimnisvolles Licht tauchte. Wenig später hatten sie den Trubel der Innenstadt hinter sich gelassen und kamen am Schild vorbei, das den Weg zum Flughafen wies. Sie fuhren noch ein Stück weiter, bis die Häuser weniger und die Industriegebäude mehr wurden. Es war dunkel, als der Wagen vor einer großen Halle hielt, die viel mehr an eine alte Fabrik erinnerte, als an eine angesagte Partylocation.

Eigenartig, dachte Lídia, aber was wusste sie schon von den Filmleuten? Die hatten gewiss einen ganz eigenen Geschmack, was Räumlichkeiten anging.

»Danke fürs Fahren«, Sie stieg aus dem Wagen und sah zu wie der Chauffeur wendete und sie alleine zurückließ. Ein etwas mulmiges Gefühl kam in ihr hoch, aber sie drängte es sofort zurück. Ein letztes Mal strich sie ihr kurzes Kleid glatt, straffte die Schultern und stolzierte hoch erhobenen Hauptes in die Fabrikshalle. Düstere Gothic Musik kam ihr aus dem Inneren entgegen. Neugierig spähte sie um die Ecke, sah aber vorerst lediglich einen stämmigen Türsteher, der sie mit einem Kopfnicken weiterschickte. Der Gang hinter ihm war gespenstisch dunkel, nur ein paar Fackeln steckten in den alten Mauern, um den Besuchern den Weg zu weisen. Lídia folgte den Flammen bis in die hinteren Räumlichkeiten, wo die Musik allmählich lauter wurde. Stimmengewirr war zu hören. Bässe. Ein heißeres Stöhnen.

Neugierig spähte Lídia um die letzte Ecke, blieb am Eingang stehen, um sich ein Bild von der Fete zu machen. Wie im übrigen Gebäude, dominierte auch hier dunkler Rauch den Saal. Bloß ein paar rötliche Lampen konnte sie an der Decke ausmachen, die gegen die Dunkelheit ankämpften, aber sich nicht bis in jede Ecke durchsetzen konnten. Silhouetten erschienen im Nebel, liefen umher, tanzten. Bewegten sich im Takt der Musik. Zwei Podeste waren in der Mitte des Raumes aufgestellt worden, wo sich spärlich bekleidete Tänzerinnen geschmeidig an Stangen rekelten. Lídias Augen suchten weiter, flogen über die Gäste und scannten ein Gesicht nach dem anderen. Bis sie endlich an dem Mann hängen blieben, dem sie die Einladung zu dieser Veranstaltung zu verdanken hatte.

»Hey«, sagte sie und stellte sich zu ihm. »Nette Party!«

Er lächelte sie an. »Toll, dass du es geschafft hast! Möchtest du etwas trinken?«

Lídia nickte und nahm dankbar das Glas, das er ihr in die Hand drückte. Die kühle Erfrischung tat gut. Sie konnte spüren, wie sie ein wenig von der Hitze nahm, die sich in ihrem Körper aufgestaut hatte. Wie die Nervosität langsam nachließ und wie sie lockerer wurde. Ausgelassener. Lídia leerte den Rest des Glases und begann zu tanzen. Bewegte sich im langsamen, sinnlichen Takt der Musik auf der Tanzfläche und sah dabei so verführerisch aus, dass sie den Mädchen oben an den Stangen allemal Konkurrenz machen konnte.

Ihr Blick war neugierig, immer wieder suchte sie den Kontakt zu Rafael, dem Filmproduzenten, der sie von der Theke aus beobachtete. Sie hoffte, dass ihm ihr Tanz gefiel. Dass sie ihm gefiel. Und dass er ihr bei ihrer Karriere weiterhelfen konnte. Doch seine Augen waren nicht die einzigen, die an ihr klebten und gierig ihren freizügigen Ausschnitt musterten und die langen Beine, die im superkurzen Röckchen äußerst gut zur Geltung kamen. Da waren wohl bekannte, dunkle Augen, die förmlich an ihr klebten und die sie eigentlich nicht erwartet hatte, heute Nacht zu sehen. Und dann war da noch ein blonder Mann mit stämmiger Statur, der sie grinsend musterte und sich dabei unverfroren über die Lippen leckte. Lídia störte das nicht. Sie wusste, welche Wirkung sie auf Männer hatte und sie liebte es.

»Lídia, cariño, lass uns woanders hin gehen. Ich würde mich gerne mit dir über deine Rolle unterhalten.«

Überrascht sah sie Rafael an, der neben sie getreten war und die Hand nach ihr ausstreckte. Sie fühlte sich etwas wackelig auf den Beinen, was eigenartig war, nach bloß einem Drink. Trotzdem folgte sie ihm und war bemüht, sich nichts anmerken zu lassen. Er sollte nicht gleich einen schlechten Eindruck von ihr bekommen.

»Wo bringst du mich hin?«, fragte sie, als er sie einen dunklen Gang entlang führte. Er schien sich gut auszukennen, in diesem Labyrinth von einem Gebäude. Sie dagegen hatte schon nach der dritten Abbiegung jegliche Orientierung verloren. Sie durfte ihn nicht aus den Augen lassen, beschloss sie, denn alleine würde sie niemals zurückfinden.

Lídia stolperte über die letzte Stufe, als er sie eine Treppe nach unten führte, doch er hielt sie am Arm fest und fing sie mit sicherem Griff auf.

»Hoppla«, entschuldigte sie sich und schenkte ihm ein Lächeln.

Er ignorierte den kleinen Zwischenfall, schob sie in ein Zimmer und schloss die Tür hinter sich. Als er sie los ließ, schwankte sie unruhig von einer Seite zur anderen, wie eine Pappel im Wind.

»Hier, trink noch einen Schluck!«

Rafael reichte ihr ein Glas, das sie dankbar leerte.

»Würdest du das Kostüm für mich anziehen?«

»Kostüm?« Ungläubig starrte Lídia auf das kleine Lackhöschen, das er ihr entgegenstreckte und das knappe Oberteil. »Aber warum brauche ich jetzt ein Kostüm?«

»Shhh«, beruhigte er sie, weil ihre Stimme eine Spur zu laut geworden war. »Sei ein Schatz, zieh das Kostüm an. Wir müssen doch wissen, ob du die Richtige für die Rolle bist?«

Sie sah ihn noch immer fragend an.

»Die Rolle der Nachtclubtänzerin«, legte er nach, »die Hauptrolle!«

Hauptrolle? Lídias Herz machte einen Sprung. Ohne ein weiteres Wort langte sie nach den knappen Dessous und huschte hinter die kleine Trennwand, die in einer Ecke aufgestellt worden war. Er hörte, wie sie aus ihrem Kleid stieg, sich verhedderte, gegen die Mauer taumelte und fluchte. Irgendwie schaffte sie es aber trotzdem zwei Minuten später im gewünschten Outfit hinter dem Paravent hervor zu kommen.

Lídias Blick erstarrte, als sie sah, dass noch zwei andere Männer in den Raum gekommen waren. Fragend sah sie Rafael an. Oder zumindest wollte sie das, weil ihre Gesichtsmuskeln nicht mehr so ganz mitspielten.

»Und, was sagt ihr?«

Rafael griff nach ihrer Hand, zog sie in die Mitte und drehte sie einmal um ihre eigene Achse.

Einer der Kerle grinste. Doch es war kein nettes Lächeln. Es war ein gieriges, schmutziges Grinsen. Lídia kannte den Typen nicht. Er war dunkelhaarig, relativ groß und ziemlich breitschultrig, mit einer dicken Nase und einem starken Nacken.

»Nicht schlecht«, sagte ein anderer mit britischem Akzent und streckte seine Hand aus, um dem Mädchen auf den Hintern zu greifen. Lídia erkannte den

181

blonden Mann von der Tanzfläche wieder. Den Kerl, der sie vorhin schon so lüstern angegafft hatte. Sie holte aus, wollte seine Hand wegschlagen, aber traf hoffnungslos daneben. Die Männer lachten. Eine zweite Hand gesellte sich dazu und kniff sie in den Po.

»Hört auf, was soll das?«, Lídias Stimme war wütend. Sie drehte sich zurück zu Rafael. »Können wir bitte mit der Besprechung beginnen?«

Jetzt war es Rafael, der zu grinsen begann. »Aber Süße, wir sind doch schon mittendrin!«

Wieder langte der Blonde nach ihr, zog sie an sich, sodass sie mit dem Rücken zu ihm zu stehen kam. Fest wie ein Schraubstock legte er eine Hand um sie, während die andere neugierig ihre Vorderseite erkundeten.

»Was ist mit der Rolle?«, fragte sie mit einem Hauch Verzweiflung in der Stimme, versuchte wieder, die lästigen Hände wegzuschieben, die sich so frech auf ihre Oberweite gelegt hatten und sich an dem Reißverschluss zu schaffen machten, der das enge Lacktop über ihren Brüsten zusammenhielt.

»Süße, ich denke du passt perfekt für die Rolle«, hörte sie den Engländer hinter sich raunen, während er ihr Oberteil langsam öffnete.

»Hört auf, verdammt!«

Sie wurde wütend, versuchte ihn wegzustoßen, ihn mit ihrem Ellbogen zu erwischen. Tatsächlich ließ er

182

sie los, doch im selben Moment zog der Dunkelhaarige sie an sich, machte dort weiter, wo der Blonde aufgehört hatte. Lídia wurde schwindelig, so schnell wie sie von einem Kerl zum nächsten weitergereicht wurde. Die Hände waren überall, auf ihren Brüsten, am Po, zwischen ihren Beinen. Verzweifelt schlug sie um sich, traf aber immer öfter ins Leere, weil die Bilder vor ihren Augen verschwammen.

»Was ist mit dem Film«, lallte sie mit einer inzwischen recht undeutlich gewordenen Stimme.

»Keine Angst, Baby, du hast die Hauptrolle!«

Lídia blinzelte gegen das Licht, die Helligkeit schmerzte. Sie musste mehrmals die Augen zusammenkneifen, bis sie erkannte, dass Rafael inzwischen eine Kamera in der Hand hielt und begonnen hatte, sie zu filmen.

»Nein! Hört sofort auf!«

Ihre Stimme ging im Gegröle der Männer unter. Ihr war so schwindelig, dass sie sich nicht mehr aufrecht halten konnte, doch das war den Männern egal. Irgendjemand packte sie und legte sie unsanft auf den Tisch in der Mitte des Raumes.

38. KAPITEL

»Nein! Nein! Neeeiiiiin!«

Die Schreie des Mädchens waren so laut, dass sie vom Kellerraum bis nach draußen auf den Gang reichten. Bis nach oben zum Veranstaltungssaal würden sie es freilich nicht schaffen, da hatten sie keine Chance gegen die Musik. Und hier unten spielte es keine Rolle, weil sich ohnehin keiner der Gäste hierher verirren konnte, dafür sorgten schon die beiden Securities, die er oben an der Treppe abgestellt hatte.

Genervt vom Krach ging er ein paar Schritte auf und ab, blieb schließlich wieder vor der Tür stehen und wartete. Dumpfe Schläge waren zu hören, ein Zischen. Dann wieder Schreie. Er hatte sich schon fast an den Krach gewöhnt, als es leiser wurde. Das Gekreische wich einem leisen Wimmern. Jemand musste der Frau den Mund zuhalten. Vielleicht hatten sie ihr auch einen Knebel in den Mund gesteckt… oder sonst irgendwas. Es war ihm egal. Er war froh, dass sie jetzt ruhig war.

Er lehnte sich an die Wand neben der Tür, spielte mit seinem Ring und mit der Uhr. Sah auf sein Smartphone. Zu blöd, dass er hier unten keinen Empfang hatte. Sonst hätte er wenigstens die Wartezeit

nützen können, um ein paar Nachrichten zu beantworten oder im Internet zu surfen.

Er war gerade dabei, die Fotos auf seinem Handy
zu sortieren, als die Tür aufgeschlagen wurde.

»Komm rein! Schnell! Wir haben ein Problem!«

Er steckte sofort das Telefon weg und folgte Rafael
ins Zimmer. Unsanft schob er die beiden Typen zur
Seite, die noch immer mit runtergelassenen Hosen
neben dem Tisch standen und ratlos auf die rothaarige Frau glotzten, die zuckend vor ihnen lag, die
Gliedmaßen unnatürlich verrenkt.

»Scheiße! Lídia, wach auf!«

Er schüttelte sie, versuchte ihren Oberkörper auf-
zurichten, doch der sackte zurück auf den Tisch wie
bei einer Puppe.

Wie durch einen Nebel hörte sie seine Stimme. Sie
wusste, dass er etwas von ihr wollte, dass sie etwas
machen sollte, doch sie schaffte es einfach nicht. Es
war so anstrengend!

Hör auf, wollte sie sagen, doch sie hatte keine Kraft
mehr, die Lippen zu bewegen. Selbst ihre Lider fühlten sich so unglaublich schwer an! Sie bemühte sich,
nahm ihren letzten Willen zusammen und versuchte
ihn anzusehen. Das Licht blendete, es tat weh. Aber
einen kurzen Moment lang, schaffte sie es, seinen
Blick zu erwidern. Sie sah vertraute, dunkelbraune
Augen vor sich. Augen, die sie schon oft gesehen hatte. Augen, die sie wütend kannte, heiter und auch

gelangweilt. Nur so wie heute hatten sie die braunen Augen noch nie angesehen.

»Komm schon!«

Er gab ihr eine Ohrfeige, als sie wieder die Augen verdrehte, schüttelte sie, aber sie reagierte nicht mehr. Seine Hände legten sich auf ihren Hals, suchten den Puls.

»Wie viel von dem Zeug hast du ihr gegeben?« »Ich weiß nicht«, Rafael zuckte die Schultern. »Etwa zehn Tropfen im ersten Glas und dann noch ein paar im zweiten.«

»Du Idiot!«

»Aber du hast doch gesagt…«

Ein böser Blick brachte ihn zum Schweigen. Es war egal, die Kleine war tot.

39. KAPITEL

Katie starrte stumm auf das Bild von Ángel und ihr, das er für sie entwickeln hatte lassen. Von draußen prasselte der Regen gegen ihr Fenster, vom Gang waren Geräusche von Carmen und Enrico zu hören, die inzwischen aufgegeben hatten, sie zum Ausgehen überreden zu wollen.

»Komm doch mit ins Kino«, hatte Enrico vorgeschlagen, während Carmen sie überzeugen wollte, mit ihr und ein paar Freunden was trinken zu gehen. Katie hatte weder Lust auf das Eine, noch auf das Andere. Sie wollte nur ihre Ruhe haben. Alleine sein. Nachdenken.

Als die Tür in kurzem Abstand hinter Enrico, dann hinter Carmen zufiel, atmete sie tief durch. Endlich herrschte Stille in der Wohnung. Im selben Moment begann allerdings ihr Handy zu vibrieren. Ángel, wie ein schneller Blick aufs Display bestätigte. Katie drückte ihn weg. Sie wollte nicht mit ihm sprechen, denn sie wusste überhaupt nicht, was sie ihm sagen sollte. Es vergingen kaum fünf Minuten, bis das Handy wieder klingelte, doch sie ignorierte ihn tapfer weiter.

Auch den nächsten Tag verbrachte Katie in ihrem Zimmer. Es hatte aufgehört zu regnen, doch sie schaffte es einfach nicht aus dem Bett. Noch nicht einmal die Tatsache, dass ihr Magen knurrte, konnte sie in die Küche bewegen. Sie wollte nichts essen, nicht reden und niemanden sehen. Als es an der Tür klingelte, rührte sich Katie nicht. Dafür steckte Carmen gleich darauf ihren Lockenkopf ins Zimmer.

»Ángel ist da«, sagte sie leise. »Er will mit dir reden.«

Katie schüttelte den Kopf. »Schick ihn weg! Sag ihm, ich bin nicht zu Hause!«

Carmen atmete tief durch. Katie wusste, dass es unverschämt war, ihre Freundin mit Lügen vorzuschicken, aber sie wusste auch, dass ihre Mitbewohnerin im Grunde genommen erleichtert darüber war, dass ihre Beziehung zu diesem Nachtclubbesitzer ins Wanken geraten war. »Er ist weg«, hörte sie Carmen seufzen und Katie nickte dankbar.

Es dauerte drei Tage, bis das Handy aufhörte zu klingeln, dann herrschte plötzlich Stille. Er hatte aufgegeben. Und Katie wollte einfach nur vergessen. Ángel. Maja. Den bescheuerten Koffer. Was auch immer es mit der Sache auf sich hatte, sie war raus. Sie hatte nichts mehr damit zu tun.

Katie saß in der Vorlesung wie jede andere Studentin. Sie bemühte sich, das undeutliche Catalàn von Professor García Bornes zu verstehen, machte ein paar Notizen in ihren Collegeblock und markierte wichtige Eckpfeiler der spanischen Wirtschaftsgeschichte im Buch, das sie vorsorglich mitgebracht hatte. Sie war gerade darauf konzentriert, das autarke Wirtschaftsmodell Spaniens in der Zeit nach dem Zweiten Weltkrieg zu verstehen, als es in ihrer Tasche vibrierte.

»Verdammt!«, fluchte sie, rief er jetzt doch wieder an?

Sie wollte es eigentlich gar nicht wissen, aber irgendetwas ließ sie doch nach ihrem Handy greifen und auf das Display schielen. Eine unbekannte Nummer schien auf. Katie rang mit sich, ob sie abheben sollte, oder nicht. Wenn keine Nummer da war, konnte sie ja schlecht zurückrufen. Und vielleicht war es wichtig? Vielleicht rief Miguel sie an, weil es irgendetwas Neues gab?

Leise ging Katie aus dem Hörsaal, drückte bereits den grünen Knopf, um das Gespräch anzunehmen, noch bevor sie durch die Tür war.

»Hallo?«, fragte sie leise.

Es rauschte in der Leitung.

»Hallo?«

Wieder nur Hintergrundgeräusche. Der Empfang war einfach zu schlecht hier drinnen!

Katie schloss die Tür und ging ein paar Schritte, in

der Hoffnung das Signal zu verstärken.

»Hallo? Miguel, bist du das?«

Es knackste, sie meinte jemanden atmen zu hören. Schnellen Schrittes ging sie weiter, steuerte auf den Haupttrakt zu. Doch noch bevor sie zu den Treppen kam, wurde sie plötzlich am Arm gepackt.

»Miguel?« Er funkelte sie wütend an. »Wer zum Teufel ist Miguel? Dieser komische DJ, der bei euch in der Wohnung war?«

Verdutzt starrte Katie in Ángels Gesicht. »Was machst du hier?«, war das Erste, das sie herausbrachte.

»Du bist nicht rangegangen. Wir müssen reden!«

»Ich hab Vorlesung!«

Sie versuchte sich loszumachen, doch sein Griff war eisern.

»Du läufst jetzt nicht wieder weg!«

»Lass mich sofort los, oder…«

»Oder was?«

Noch bevor sie auch nur den Mund aufmachen konnte, um zu schreien, schnellte seine Hand darauf und er schob sie in einen Abstellraum. Sie bekam Panik, biss ihn, schlug um sich.

»Hör auf verdammt!«

Ihre Nägel krallten sich in seinen Arm.

»Hör endlich auf!«

Sie war ruhig, als sie seine Hand an ihrem Genick spürte, starrte mit großen Augen in das Gesicht, das sie schon so oft geküsst hatte. In die Dunkelheit, in die sie sich verliebt hatte und die jetzt einfach nur mehr bedrohlich wirkte. Böse.

»Verdammt Katie, denkst du wirklich, ich würde dir was tun?«

Seine Stimme klang verzweifelt. Er ließ von ihr ab und schlug mit der Hand gegen die Wand.

»Was hat dir dieser Mistkerl bloß erzählt? Was hat er getan, dass du plötzlich Angst vor mir hast?«

Er suchte ihren Blick, doch sie starrte wie paralysiert auf die weiße Wand.

»Was immer du denkst, dass ich getan habe, es stimmt nicht! Ich würde niemandem etwas tun, Katie! Nicht dir, nicht Maja und auch sonst niemandem!«

Er legte die Hand unter ihr Kinn, hob es leicht an, sodass sie ihn ansehen musste.

»Katie«, sagte er, »ich liebe dich!«

Die Tür flog auf und beide blickten in das erschrockene Antlitz einer stämmigen Dame mit Schürze und Putzwagen, die sofort zurücksprang. Katie nutzte den Augenblick, ihn von sich zu schubsen und aus der Kammer zu eilen.

»Katie! Warte doch!«

Seine Worte verhallten am Gang. Sie hatten keine Wirkung mehr auf Katie. Sie lief einfach weiter, ohne sich noch einmal umzudrehen. Dass ihr inzwischen eine Träne über die Wange lief, brauchte er nicht zu wissen.

40. KAPITEL

»Du siehst toll aus, Katie«, lobte Carmen, als sie gemeinsam das Haus verließen.

Irritiert sah Katie an sich runter. Alte Jeans, ein einfaches T-Shirt. Sie konnte nichts an sich entdecken, das auch nur im Entferntesten ein Kompliment verdiente. Noch nicht einmal ihre Haare hatte sie gewaschen.

»Ach komm schon, das wird bestimmt ein netter Abend!«, versuchte ihre Mitbewohnerin erneut, gegen ihre Lethargie anzukommen. »Es tut dir gut, wenn du wieder mal unter die Leute gehst. Und ich denke, Miguel mag dich.«

Kann sein, dachte Katie, *aber bestimmt nicht auf die Weise, die du gerne hättest.*

»Ich wäre froh, wenn es mal wieder ein nettes Mädchen in seinem Leben geben würde«, fuhr Carmen fort, während sie an der Sagrada Familia vorbei schlenderten, um in ihre liebste Tapas Bar zu gelangen.

»Hast du seine letzten Freundinnen denn nicht gemocht?«

Carmen zuckte die Schultern. »Die Erste schon, zumindest am Anfang. Mit der ist er noch in der

Schule zusammengekommen. Ein nettes Mädchen und ziemlich hübsch, die hat sogar als Model gearbeitet. Leider stieg ihr das irgendwann zu Kopf und dann war mein Bruder plötzlich nicht mehr gut genug für sie. Dann hing sie nur noch mit Leuten aus der Modeszene ab, machte einen auf wichtig.« Carmen verdrehte die Augen. »Später gab es noch eine Carolina aus Zaragoza, aber das war so eine komplizierte Fernbeziehung, nichts was auf Dauer funktionieren hätte können. Und zuletzt…« Carmen schien zu überlegen, »naja die Letzte hab ich eigentlich nie kennengelernt. Ich hab schon mitgekriegt, dass es da jemanden gab, aber er hat sie nie irgendwohin mitgenommen. Überhaupt war das ganz komisch, als ob er sie vor mir verstecken hätte wollen, oder so. Er hat sich da auch kaum noch mit mir getroffen.«

»Und dann?« Katie war neugierig geworden.

»Naja, irgendwann war's wohl vorbei. Er war ziemlich fertig, aber ich glaube, dass es besser ist, dass sie weg ist. Jetzt hat er die Gelegenheit, was Neues anzufangen. Was Richtiges.«

Carmens Lächeln war so breit, dass Katie ein flaues Gefühl im Magen bekam.

Als sie das Lokal erreichten, saßen Miguel und Enrico bereits im hinteren Bereich am großen Ecktisch.

»Hey, du mal pünktlich?« Carmen grinste ihren italienischen Mitbewohner an. »Das bin ich ja überhaupt nicht gewohnt von dir!«

Enrico zuckte die Schultern. »Der Hunger hat gerufen. Außerdem kann ich heute nicht so lang bleiben. Ich schau nachher noch bei Lorenzo vorbei.«

Das gemeinsame Abendessen verlief so wie immer und dennoch schien heute alles anders zu sein als sonst. Katie hörte mit halbem Ohr zu, wie ihre Freunde plauderten und scherzten. Wie Enrico von seiner bevorstehenden EU-Rechtsprüfung erzählte und Carmen von Alejandro Sanz schwärmte, den sie in Kürze live sehen würde und von der bevorstehenden Mountainbike-Tour mit ihren Studienkollegen.

»Was gibt's bei dir Neues?«, fragte Carmen ihren Bruder. »Legst du in irgendeinem interessanten Club auf?«

»Ja, sag uns mal, wo du bist. Wir kommen gerne zuschauen!«, stimmte Enrico mit ein.

Miguels Blick war wenig begeistert. »Ich glaube nicht, dass euch die Sorte von Club gefallen würde.«

»Wieso nicht?«

»Welche Sorte Club denn?«

Miguel war sein Unbehagen anzusehen, während er auf seinem Stuhl hin und her rutschte. Er hatte definitiv nicht vor, seine Schwester und ihre Freunde noch weiter in seine Angelegenheiten mit rein zu ziehen.

»Ich sag euch Bescheid, wenn ich das nächste Mal an einer interessanten Location bin«, versuchte er sich rauszureden.

»Ach komm schon, wir sind offen für alles.« Enrico ließ nicht locker. »Was ist mir dir, Katie? Würdest du Miguel nicht auch gerne mal live in Action sehen? So richtig als Partyking?«

Katie sah zu Boden. »Verschieben wir das lieber ein bisschen. Mir ist im Moment nicht so nach wegge-hen.«

Enricos Miene wurde Ernst. »Sorry, ich dachte, du brauchst…«

Ein Blick von Carmen brachte ihn zum Schweigen. »Machen wir uns langsam auf den Weg? Ich möchte am Heimweg noch bei Miguel vorbeischauen, das Rad ausborgen.«

Enrico nickte. »Ich muss auch los, Lorenzo wartet schon.«

»Katie, begleitest du mich? Sollte nicht zu lange dauern«, versprach Carmen.

Katie nickte. »Sicher.«

Katie blieb vor dem modernen Gebäude gegenüber der Metro-Station Encants stehen.

»Kommst du nicht mit rauf?«, fragte Carmen, »bis Miguel die Schlüssel fürs Fahrradschloss, den Helm und die Handschuhe beisammen hat, vergeht be-stimmt eine Viertelstunde.«

Miguel warf seiner Schwester einen bösen Blick zu. »Ich bin nicht mehr so unordentlich wie früher!«

»Da bin ich gespannt«, grinste die zurück.

Katie folgte den beiden zum Lift und dann hoch in den vierten Stock. Tatsächlich wartete ein etwas chaotisches aber dennoch sehr trendy gestyltes Loft auf sie. Katie blieb neben ihrer Mitbewohnerin stehen.

»Schön hast du's hier!«

»Danke.«

Miguel durchsuchte erst die Garderobe, dann den Schreibtisch, bis er seiner Schwester mit triumphierendem Lächeln einen kleinen Schlüsselbund vor die Nase halten konnte. »Kommst du mit in den Radkeller? Ich hab zwei Mountainbikes hier, sieh dir an, welches dir besser passt.«

Carmen folgte ihm schulterzuckend.

»Katie, wartest du hier? Schau gerne mal auf die Terrasse raus. Da hast du eine tolle Aussicht bis zur Kirche!« Er deutete mit dem Kopf zur Tür gegenüber.

Katie blieb in der Mitte des Raumes stehen, als die beiden aus der Wohnung verschwanden. Neugierig musterte sie die bunten Bilder an der Wand, die immense Sammlung an alten Schallplatten und modernen Blue Rays und das Mischpult, das dekorativ in der Ecke stand. Mehrere Kopfhörer lagen am Tisch und im Regal herum, Sport- und Musikmagazine waren dazwischen verteilt. *Da hat er sich wirklich Mühe gegeben*, dachte Katie. Nichts, aber auch gar nichts in der Wohnung ließ vermuten, dass Miguel eigentlich ein Ermittler war und dass die Musik ihm nur zur Tarnung diente. Sie fragte sich, wie lange er das Spiel schon durchzog. Dachte daran, wie schwierig es sein musste, diese Fassade aufrecht zu halten - sogar seiner Familie gegenüber. Sie selbst hatte es noch nicht einmal geschafft, ihren Freund zu verheimlichen. Oder die letzte schlechte Note an der Uni!

Seufzend sank Katie auf die cognacfarbene Stoffcouch und angelte sich eines der Magazine aus dem Stapel. Die am Cover abgebildeten Musikgrößen sagten ihr nichts. Musste was für Insider sein. Sie griff nach einem anderen Heft weiter unten im Stapel, etwas über Sport, dem Titel nach. Katie schlug das Magazin auf, blätterte durch Lauftipps und Sixpackübungen für Männer. Dann ein paar Rezepte für Eiweiß-Shakes. Sie wollte gerade resignierend das Heft zurück schieben, als ihr etwas anderes ins Auge sprang: Miguels Tablet.

Neugierig nahm sie es an sich und gab denselben Code für die Tastensperre ein, den sie ihn neulich ins Handy tippen gesehen hatte. Viel Hoffnung hatte sie nicht, sie war ziemlich überrascht als das Display dennoch aufleuchtete. Katies Herz schlug schneller, als sie auf das Foto-Symbol tippte und durch sein Bilderverzeichnis scrollte. Sie wusste nicht genau, was sie eigentlich suchte. Sie war einfach neugierig, was er gespeichert hatte. Etwas vom Club? Von Maja? Von Ángel?

Enttäuscht stellte sie fest, dass er nichts davon auf

seinem Tablet hatte. Lediglich ein paar Konzertbilder waren zu sehen, ein Foto von ihm am Motorrad, ein anderes von einer hübschen Blondine. Dann wieder Bilder von Bergen, vom Strand. Von einer Yacht.

Katie klickte die Fotos weg. Was hatte sie auch erwartet? Ein Bild von Maja und Ángel? Ein Foto, wo er sie küsste? Oder bedrohte?

Katie starrte auf das Display, sah zu wie das Licht ausging, weil sie den Touchscreen zu lange nicht berührt hatte und wieder an, als sie schnell darauf tippte. Das Fenster mit dem Nachrichtensymbol ging auf.

Carmen, Jordí, Rosario, Alfredo... Katie ignorierte die letzten Konversationen und scrollte sich weiter nach unten. Bis ihr ein anderer Name ins Auge sprang. Maja. Katies Puls schnellte in die Höhe, als sie den Gesprächsverlauf antippte. Die letzte Nachricht stammte vom 2. Februar.

Hör auf zu suchen, las sie, *du findest mich nicht. Niemand tut das! Ich komme nicht zurück. Ich kann nicht!*

Katie scrollte weiter nach unten, zur vorangegangenen Nachricht.

29. Jänner.
Maja, melde dich endlich! Ich mache mir Sorgen!

27. Jänner

Maja, wo steckst du? Du musst mir sagen, wo du bist! Ich brauche dich!

24. Jänner

Maja, was zum Teufel hast du getan? Wo bist du?

23. Jänner

Maja, was ist los? Tut mir leid wegen gestern! Ich liebe dich!

Ich liebe dich? Katie starrte auf die letzte Zeile, las sie immer und immer wieder. Warum schrieb er seiner Zeugin so was? Gehörte das zur Tarnung dazu? Hatte er ihr so etwas wie ein Verhältnis vorgespielt? Oder war sie am Ende mehr gewesen, als nur seine Zeugin? War sie überhaupt seine Zeugin? Aber wenn sie seine Geliebte war, müsste er dann nicht mehr um ihren Tod trauern? Katie verwarf den Gedanken wieder. Es gab bestimmt eine ganz einfache Erklärung.

Sie klickte eilig die Nachrichten weg, als sie ein Geräusch hinter sich hörte. Schnell schob sie das Tablet zurück unter den Zeitschriftenstapel.

»Hey«, sie sprang auf, um ihrer Mitbewohnerin und Miguel entgegenzugehen. »Habt ihr alles?«

Carmen nickte. »Haben wir. Sorry, dass es so lange gedauert hat. Wollen wir los?«

»Ja.«, Katie griff nach ihrer Tasche. »Bye, Miguel«

»Adiós«, sagte er, doch sein Blick galt nicht Katie. Der ruhte auf dem Tisch mit den Zeitschriften, die jetzt nicht mehr ganz so ordentlich gestapelt auf dem Tablet lagen.

41. KAPITEL

Als er in den Club kam, wartete Rafael bereits an der Theke. Er gab dem blonden Barkeeper ein Zeichen, zwei Drinks einzuschenken und deutete seinem Partner, ihm zu folgen.

»Alles in Ordnung?«, kam die Frage, noch bevor sie den Hinterausgang erreicht hatten.

Er ging weiter, ohne etwas zu sagen. Erst als die Tür hinter ihnen ins Schloss gefallen war, drehte er sich um, reichte Rafael eines der Gläser und nickte ihm zu.

»Ich hab mich darum gekümmert. Die Rothaarige ist weg.«

Sein Gegenüber stieß erleichtert das Glas gegen das andere.

»Es tut mir leid«, sagte er. »Das war ein blöder Unfall! Ich wollte bloß, dass sie sich am nächsten Tag an nichts erinnert! Ein kleines Blackout, so wie es die Schlampe bestimmt schon zig Male erlebt hat.«

»Schwamm drüber«, sagte der andere großzügig, »ist kein schlimmer Verlust.«

Sie blieben eine Weile stehen, leerten ihre Getränke und hingen ihren Gedanken nach. Rafael wirkte abwesend, wahrscheinlich überlegte er noch immer, was er falsch gemacht hatte. Sein Partner indes sah zufrieden aus. Es fühlte sich gut an, was er erreicht hatte. Diese Macht - es war wie eine Droge! Nicht, dass er selbst sadistisch gewesen wäre, nein, das konnte er für sich ausschließen. Er hatte es probiert, aber eigentlich war das nichts für ihn. Es ging ihm nicht darum, jemanden zu quälen. Er brauchte das nicht, um Befriedigung zu finden. Nicht so, wie die Leute, die zu ihm kamen. Männer und ganz selten auch Frauen, die sich meist schon lange danach sehnten, ihre eigenen Triebe, ihre finsteren Vorlieben und geheimen Obsessionen endlich in die Realität umsetzen zu dürfen. Die sich eingesperrt fühlten, in ihrem normalen Leben, in dem sie ihre Leidenschaft immer geheim halten mussten. Niemals ausleben konnten. Menschen, die vielmals gesucht und in der Szene herumgefragt hatten, bis irgendwann sein Name gefallen war. Bis sie endlich zu ihm kamen. Er konnte ihnen ihre dunkelsten Wünsche erfüllen, egal wie ausgefallen, wie pervers oder wie grausam sie auch sein mochten. Er hatte Verständnis dafür. Er wollte helfen. Und diese Hilfe ließ er sich teuer bezahlen.

»Kannst du dich an die Kleine von der Yacht erinnern?«

Rafael sah ihn verständnislos an. Vielleicht hatte er Katie längst wieder vergessen.

»Ich meine die Brünette. Die Studentin! Die, die du so gerne haben wolltest, weil dir ihre Schreie so gut gefielen?«

Jetzt nickte der glatzköpfige Muskelprotz. Ja, an das Mädchen konnte er sich gut erinnern. »Du hast gesagt, die wäre Tabu?«

»Ich hab es mir anders überlegt.«

Er erntete einen überraschten Blick.

»Du kannst sie haben, wenn du noch willst. Mach mit ihr, was auch immer du machen willst. Aber es muss diskret sein. Wir müssen sie danach irgendwo verschwinden lassen, wo sie nicht wieder auftaucht!«

42. KAPITEL

Katie stellte ihre Tasche mit den Unisachen in die Ecke und ging in die Küche, um sich einen Kaffee zu holen. Sie war nicht müde, aber irgendwie war das ständige Kaffeetrinken in den letzten Wochen regelrecht zur Sucht geworden. Es beruhigte sie, Kaffee zu trinken, redete sie sich ein. So wie andere Leute Nikotin oder Alkohol beruhigte. Vielleicht würde es ihr auch helfen, ihre Gedanken zu sortieren. Irgendwie wusste sie einfach nicht mehr, wo ihr der Kopf stand. Von den Vorlesungen hatte sie in den letzten Tagen so gut wie gar nichts mitbekommen und selbst, wenn sie die Sachen in ihren Büchern nachlesen wollte, konnte sie sich nicht mehr konzentrieren. Es ärgerte sie. Katie zog ihre Tasse so schwungvoll aus der Kapselmaschine, dass etwas Kaffee überschwappte und ihr schmerzlich heiß auf den Oberschenkel tropfte.

»Au verdammt!«, kreischte sie und griff nach einem Geschirrtuch.

»Alles okay?« Enrico steckte besorgt seinen Kopf durch die Tür.

»Ja, nichts passiert«, sagte sie und zwang sich zu einem Lächeln.

Das musste aufhören! Ein für alle Mal!

Katie verfluchte den Tag, an dem sie diesen dämlichen Koffer vom Rollband genommen hatte und noch mehr verfluchte sie die Tatsache, dass sie jetzt, wo sie ihn wieder los war, noch immer von ihm und seiner Geschichte heimgesucht wurde wie von einem bösen Fluch. Das musste aufhören! Es ging sie nichts mehr an! Sie musste endlich mit der Sache abschließen. Miguel, Ángel. Die ganze blöde Szene. Das hatte gar nichts mehr mit ihr zu tun!

Katie tupfte sich kaltes Wasser auf den Oberschenkel, zum Glück war nicht mehr als eine kleine Rötung zu sehen. Den Kaffee kippte sie dennoch weg, auch wenn ihr klar war, dass nicht er, sondern sie selbst Schuld an dem kleinen Malheur hatte. Sie musste raus. Den Kopf frei kriegen! Katie sah aus dem Fenster. Inzwischen war es dunkel geworden, von der Sonne, die heute Nachmittag schon so herrlich die Stadt aufgewärmt hatte, war längst nichts mehr zu sehen. *Egal*, dachte sie. Eine Runde Laufen war jetzt genau das Richtige. Es würde ihr helfen, den Kopf frei zu kriegen. Endlich abschalten zu können.

Katie ging in ihr Zimmer, grüßte im Vorbeigehen Carmen, die soeben durch die Wohnungstür gekommen war, und suchte in ihrem Schrank nach irgendetwas Sportlichem, gegen das sie ihr kurzes Kleid eintauschen konnte. Sie fand ihre Trainingshose zusammengeknüllt auf dem Drehstuhl, daneben auch gleich ein passendes, ebenso zerknittertes T-Shirt.

Egal, für eine Runde Sport würde das schon langen. Dazu noch Musik... Katies Blick fiel auf den MP3-Player am Tisch. Oh verdammt! Das Ding war ja immer noch hier!

43. KAPITEL

»Miguel?«

»Hallo Katie. Wie geht's dir?«

»Gut.« Sie zögerte einen Augenblick, die Sache war ihr unangenehm. »Ich glaube, ich habe etwas vergessen neulich.«

»So? Was denn?« Miguels Stimme klang neugierig.

»Was wegen Maja.«

»Wegen Maja?«

Sie konnte den Ernst aus seiner Tonlage hören.

»Ich habe etwas aus ihrem Koffer genommen und vollkommen vergessen, es zurückzugeben. Einen MP3-Player. Ich weiß nicht, ob es wichtig ist, aber...« Sie stoppte sich selbst. Natürlich war es wichtig. Sie konnte doch nicht einfach eine tote Frau bestehlen!

»Oh«. Es knackte in der Leitung. »Ich komme vorbei und hole ihn.«

Katie legte das Telefon beiseite und hob den kleinen quadratischen Musikspieler hoch. »Du wirst mir fehlen«, seufzte sie. Inzwischen war ihr die Playlist wirklich ans Herz gewachsen. Sie hatte sie so oft rauf und runter gespielt, dass der Akku mittlerweile rot blinkte. Schade... obwohl... Sie sah noch einmal prüfend auf das Gerät. Ja… das konnte gehen.

»Enrico«, sie klopfte an die Tür des Mitbewohners. »Kannst du mir kurz das Computerkabel von deinem MP3-Spieler leihen?«

Er sah sie überrascht an, dann kramte er in seiner Schublade. Als Katie einen Blick auf das Chaos erhaschte, war sie sicher, dass er das Teil nie und nimmer finden würde. Schon gar nicht rechtzeitig, bevor Miguel kam. Doch überraschenderweise zog er tatsächlich eine halbe Sekunde später ein weißes Kabel aus der Lade.

»Passt das?«, fragte er.

Sie nickte. »Ist dieselbe Marke.«

Katie sah auf die Uhr. Wenn Miguel schnell war, würde er in zehn Minuten hier in der Wohnung sein. Aber egal, die Übertragung der Musik dauerte nicht lange, das musste sich noch ausgehen. Und sonst würde er bestimmt einen Moment warten. Obwohl… eigentlich wollte sie nicht, dass er wusste, dass sie in den Sachen gestöbert und das Gerät verwendet hatte.

Entschlossen steckte sie Majas Musikspieler an ihren Computer und sah zu, wie sich das Fenster öffnete. *Alles kopieren*, wählte sie und lehnte sich zurück. Vielleicht würde sie sich nächste Woche selbst einen Musikplayer kaufen.

Ihr Blick wanderte vom Gerät zum Computer, dann auf die Uhr. Der Akku hatte aufgehört zu blinken und es waren bereits 74% der Daten übertragen, aber jetzt steckte der Transfer wohl an einer besonders großen Datei. Und Miguel würde bald an der Tür klingeln.

»Beeil dich«, instruierte Katie die Technik, während sie darauf wartete, dass der Prozentsatz endlich weiter nach oben ging. 79%. 85%. 92%. Complete. Na endlich! Katie wollte gerade zufrieden den Stecker rausziehen, als inmitten der knapp vierzig Audiofiles etwas anderes ihre Aufmerksamkeit auf sich zog. Eine Datei, die nicht zu den Musiktiteln passte. Neugierig sah Katie auf den Titel, doch der bestand nur aus unzusammenhängenden Zeichen und Zahlen. *Eigenartig*, dachte sie, und klickte auf ›Öffnen‹.

Es dauerte ein paar Sekunden, bis ihr alter Laptop das Bild aufbaute, doch plötzlich begann sich etwas am Bildschirm zu bewegen. Ein Film! Es war eine Videodatei! Katie vergrößerte den Ausschnitt, starrte gebannt auf das Bild. Erst war es so dunkel, dass sie kaum etwas erkennen konnte. Schwarze Schatten. Finsternis. Dann plötzlich tauchte etwas Helleres vor der Kamera auf. Ein blonder Haarschopf. Der blond gelockte Haarschopf, eines gefesselten, jungen Mädchens, das die Augen weit aufgerissen hatte und das panisch vor Angst in die Kamera starrte.

Katies Herz klopfte schneller. Was zum Teufel war das?

Die Blondine wurde von allen Seiten gefilmt, Man konnte ihre gewagte Kleidung sehen. Ein knappes

Höschen, ein passendes Oberteil, beides aus rotem Lack. Mehrmals zoomte das Bild direkt in ihr Gesicht, zeigte die geschwungenen Lippen, die nervös zuckten und die Tränen, die der Kleinen über die Wange liefen. Dann drehte das Bild plötzlich ab und schwenkte zur Tür.

Noch bevor Katie die Gestalten kommen sah, war ein Schrei zu hören. Panisches Gekreische, das eindeutig von der Blondine kommen musste. Dann sah Katie im Bild, was das Mädchen wohl schon zuvor gesehen haben musste. Drei Gestalten schoben sich ins Zimmer. Drei große, stämmig gebaute Kerle, mit breiten Schultern und nackten Oberkörpern. Alle drei trugen mit Nieten besetzte Ledermasken über ihren Gesichtern. Das Mädchen schrie, seitens der Männer war ein böses Lachen zu hören. Dann die Schritte, als sie langsam näher kamen. Die Kamera schwenkte auf das Mädchen, zeigte, wie ihr die Tränen runter rannten und wie ihre Lippen immer wieder ein »Nein«, »Nein«, »Neeeiiiin!« formten.

Dann hatten die Kerle das Mädchen erreicht. Eine Hand streckte sich aus. Eine Hand, die ein Messer umklammerte. Katie hielt die Luft an. Wie in Zeitlupe, glitt das Messer über das kleine Oberteil der Blondine. Schnitt langsam den roten Lackstoff entzwei, bis das Bustier auseinandersprang und zwei kleine, runde Brüste freigab.

»Bitte nicht!«, bettelte die Frau unter Tränen und

Katie drehte angewidert den Kopf zur Seite.

Was war das für ein kranker Film? Was hatte sich diese Maja bloß angesehen? Okay, nach dem Inhalt des Koffers war schon klar gewesen, dass sie in einer eigenen, völlig abgedrehten Welt lebte. Einer Welt, die aus Peitschen, Handschellen, Lack und Leder bestand. Aber das jetzt? Fand sie so etwas wirklich lustig? Ungläubig starrte Katie zurück auf den Bildschirm. Sie wollte schon den widerlichen Horrorfilm weg schalten, bis sie einen Namen hörte, der sie durchfuhr wie ein Blitzschlag.

»Hör auf zu schreien, Annemarie. Dir wird gefallen, was wir mit dir machen!«, sagte eine fremde, dunkle Männerstimme. »Zumindest am Anfang.«

Höhnisches Lachen war zu hören und während die Kleine im Film verzweifelt an ihren Fesseln zerrte, rutschte Katie das Herz in die Hose. Alles zog sich zusammen und ihr wurde kurzzeitig schwarz vor Augen, als sie begriff, was sie da vor sich hatte. Das war kein Horrorfilm! Das war kein dämliches Splattermovie mit kreischenden, nackten Frauen und vermummten Messerschlitzern! Das hier war ein Mitschnitt von dem, was der deutschen Touristin, Annemarie Schneider, zugestoßen war!

Katies Herz pochte wie verrückt, als sie die nächsten Szenen am Schirm beobachtete. Die Kerle, wie sie sich um das blonde Mädchen scharrten. Die Hand mit dem Messer, die jetzt auch noch das Höschen zerschnitt. Tränen. Schläge. Noch mehr Tränen. Hände, die an der Kleinen zerrten und die sie betatschten. Männer, die sich gegenseitig anfeuerten und heiser zu stöhnen begannen. Jemand, der die Hand um den Hals des Mädchens legte und sie zu würgen begann.

In Katie stieg Übelkeit hoch. Sie konnte nicht mehr. Sie konnte sich das keine Sekunde länger anschauen! Hektisch drückte sie auf Pause, fror das Bild ein. Sprang auf und lehnte sich aus ihrem offenen Fenster, um frische Luft einzuatmen. So eine verdammte Scheiße!

Katie sog die kalte Nachtluft tief in ihre Lunge. Sie musste den Film der Polizei geben. Vielleicht war er das Beweisstück, das noch fehlte. Das Beweisstück, das jemand in ihrer Wohnung gesucht hatte!

Katie seufzte, versuchte sich etwas zu beruhigen. Miguel würde jeden Moment da sein. Doch ihr Puls raste noch immer wie ein Sportwagen auf der Überholspur, als sie zurück zum Bildschirm ging. Sie wollte nicht mehr hinsehen, aber sie konnte auch nicht wegschauen. Wieder erfassten ihre Augen das grausame Bild. Jetzt blieben sie allerdings an etwas anderem hängen. An etwas, das Katie erst recht das Blut in den Adern gefrieren ließ.

44. KAPITEL

Wie erstarrt stand Katie vor ihrem Schreibtisch und sah auf den Bildschirm.

»Das gibt's ja nicht«, stöhnte sie, doch je länger sie auf das eingefrorene Bild sah, desto sicherer war sie, dass sie sich nicht täuschte. Sie hatte den Ring schon einmal gesehen, der den Daumen des Kerls zierte, der das arme Mädchen so brutal würgte! Eigentlich hatte sie diesen Ring schon mehr als einmal gesehen! Viele Male! Es war Miguels verdammter Schlangenring!

Das muss ein Zufall sein!, sagte sich Katie. *Es gibt bestimmt mehrere Leute, die so einen Ring haben.* Gleichzeitig spürte sie aber ganz deutlich, dass es kein Zufall sein konnte. Dass sie nicht ausgerechnet jetzt, in diesem Horrorvideo, auf einen anderen Mann gestoßen war, der ebenfalls einen so kunstvollen, achteckigen Siegelring mit einer schwarzen Schlange an seinem Daumen trug.

Katies Blut rauschte so laut durch ihre Adern, dass es sich irgendwann mit ihrem Herzschlag zu einer unheilvollen Hintergrundmelodie für das schaurige Bild vermischte. Noch immer stand sie wie angewurzelt vor dem Computer.

Tu irgendetwas, befahl sie sich selbst, *er wird*

gleich hier sein! Doch ihre Beine wollten sich einfach nicht bewegen. Es waren zu viele Gedanken auf einmal, die ihr durch den Kopf schwirrten. Sie musste weg. Sie konnte ihm den MP3-Player nicht geben! Er würde wissen, dass sie den Film entdeckt hatte. Er würde ihn zerstören und… gar nicht auszudenken, was er mit ihr tun würde! Nein, sie musste verschwinden, bevor er auftauchte! Sie musste das Gerät in Sicherheit bringen! Das Läuten an der Tür riss Katie aus ihrer Schockstarre.

»Nicht aufmachen!«, kreischte sie und riss ihre Tür auf, doch es war zu spät. Carmen stand bereits an der Gegensprechanlage und sah sie mit einem Gesichtsausdruck an, als würde sie ihre Mitbewohnerin jetzt endgültig für komplett unzurechnungsfähig halten.

»Ist nur Miguel«, hörte sie die Spanierin sagen und stürzte zurück in ihr Zimmer, ohne eine weitere Sekunde zu verschwenden. Panisch klappte Katie den Computer zu, schnappte den MP3-Player und rannte aus der Wohnung, ohne einen Gedanken an Schuhe oder Jacke zu verschwenden. Sie hatte keine Sekunde zu verlieren. Gerade als sie in den Flur kam, sah sie den Lift in ihrem Stock ankommen.

Hektisch drückte Katie die Tür zum Stiegenhaus auf, hastete die ersten Stufen hinunter. Sie musste hier raus! Sofort!

Sie hatte bereits die obersten zwei Stockwerke hinter sich, als sie hörte, wie über ihr die Tür aufging.

214

»Katie?«

Es war Miguels kräftige Stimme, die durch das Treppenhaus hallte und von den schweren Betonwänden zurückgeworfen wurde.

»Katie, was tust du? Wo willst du hin?«

Ihr Herz setzte einen Takt lang aus, als sie hörte, wie oben die Tür zuknallte.

»Katie, warte!«

Er war im Stiegenhaus! Er kam, um sie zu holen! Ihre Füße stolperten mehr schlecht als recht über die Stufen, nahmen zwei auf einmal und sprangen so schnell hinunter, dass sie mehr als einmal fürchtete, hinzufallen. Sie war schnell, doch sie wusste, dass er auch schnell war. Er war ein Sportler!

Um ein Haar stieß sie ein älteres Ehepaar um, als sie im Erdgeschoss ankam und die Tür aufschlug. Entsetzt sprang der grau melierte Mann zur Seite und riss seine Frau mit sich. Katie verschwendete keinen zweiten Blick an die beiden. Sie riss die Haustür auf, stürzte nach draußen und lief in die kalte Nacht.

»Katie! Jetzt bleib doch stehen!«, hörte sie gleich darauf die Stimme von Miguel und beschleunigte.

Sie rannte jetzt so schnell sie konnte die Straße hinunter, ignorierte, dass ihre Füße schmerzten und ihre Lunge brannte. Ein kurzer Blick über die Schulter bestätigte, dass er hinter ihr war. Viel zu nahe hinter ihr!

»Stopp! Anhalten!«

Hysterisch winkte Katie, als sie den Bus an der Ecke der gegenüberliegenden Straße sah, fuchtelte wild mit den Armen. Ohne Rücksicht auf den Verkehr, der über die vierspurige Straße donnerte, lief sie los, stürzte barfuss über den Asphalt und hörte hinter sich Reifen quietschen und Autos erbost hupen. Daneben Miguels Schreie, sie solle doch endlich stehen bleiben.

Katie drehte sich nicht um. Sie rannte auf den Bus zu, als wäre er das Ziel eines olympischen Marathons. Stürzte erleichtert durch die Tür und hielt sich an der Stange fest, als er losfuhr.

Sie hatte es geschafft! Durch das Glas konnte sie Miguel sehen, der inzwischen ebenfalls die Straße überquert hatte und sie mit grimmigem Blick fixierte.

45. KAPITEL

Katie kannte ihr Ziel nicht. Sie war irgendwo im Zentrum Barcelonas aus dem Bus gestiegen, wie eine Traumwandlerin und einfach losgegangen, wohin sie ihre Füße getragen hatten. Der Asphalt fühlte sich eiskalt an unter ihren nackten Fußsohlen. Sie fror in dem leichten Kleidchen, das sie trug und das, ohne Jacke, für Anfang April eindeutig zu kalt war.

Ein paar verwunderte Blicke der Passanten waren ihr sicher, das eine oder andere Kopfschütteln, belustigtes Getuschel. Katie war es egal. Sie ging weiter, so schnell sie ihre Füße trugen und ignorierte die Steinchen, die sich schmerzhaft in ihre Fußsohlen bohrten und die bei jedem Schritt weh taten, bis irgendwann die Leute weniger wurden und die verwunderten Blicke stoppten. Die beleuchteten Auslagen und die belebten Bars waren dunklen, alten Mauern gewichen. Ein paar Fenster waren vergittert, andere zeigten Sprünge oder waren gar eingeschlagen worden. Katie wusste, welchen Weg sie eingeschlagen hatte, auch wenn sie das gar nicht bewusst vor gehabt hatte. Eigentlich sollte sie lieber direkt zur Polizei gehen, alles zu Protokoll geben, was sie wusste und was sie gesehen hatte. Aber irgendetwas hielt sie zurück.

Irgendetwas in ihr wollte nicht in einem kühlen, fremden Befragungszimmer sitzen und mit fremden Menschen sprechen. Nicht, bevor sie mit dem einzigen Mann geredet hatte, der sie verstand. Der alles wusste. Erneut zog Katie das Handy aus der Seitentasche ihres kurzen Kleides und wählte seine Nummer. Wieder läutete es so lange, bis das Tonband kam. Es war zwecklos, er hörte sie nicht. Es war vermutlich laut um ihn herum. Egal, es war nicht mehr weit bis zum Club, sie würde bald dort sein.

Katie lief die leere Straße entlang, ignorierte die Pfiffe zweier Jungs, an denen sie vorbeikam und die sich einen Spaß daraus machten, ihr anzügliche Sachen nachzurufen, während sie sich am Straßenrand mit mitgebrachtem Dosenbier volllaufen ließen.

»Bleib doch hier, Süße«, hörte sie den Einen, »trink was mit uns!«

Katies Schritte wurden nur schneller.

»Hab dich nicht so! Ist dir kalt? Wir wärmen dich schon auf!«

Katie begann zu laufen.

Die Rufe der beiden Jugendlichen waren längst verstummt und das Scherbenviertel von Barcelona schlummerte wieder in seiner nächtlichen Stille, aber Katie dachte nicht mehr daran, stehen zu bleiben. Langsam weiterzugehen. Sie rannte, obwohl ihr Hals weh tat und die kalte Abendluft bei jedem Atemzug brannte. Sie rannte, obwohl ihre Füße gewiss schon ein paar böse Schnitte aufwiesen und obwohl sie neben Steinen und Dreck inzwischen auch auf einen kleinen Glassplitter getreten war. Es war ihr egal. Katie lief weiter, bis sie nicht mehr konnte und selbst dann schleppte sie sich weiter, bis sie endlich das Zeichen entdeckte. Die schwarze Schlange.

»Wo willst du hin?«

Der Securtity-Typ mit dem Stiernacken baute sich vor ihr auf und verstellte ihr den Weg.

»Ich muss in den Club«, sagte sie knapp und erwartete, dass er zur Seite trat, doch das tat er nicht. Stattdessen zog er die Augenbrauen hoch und musterte sie mit einem abschätzenden Blick. Sah von ihren nackten Armen über ihr dünnes, hellblaues Kleid bis hinunter zu ihren nackten Füßen. Seine Miene war ernst, fast wirkte er abgestoßen, als er den Kopf schüttelte.

»Ich muss da rein!«, sagte Katie jetzt energischer. Sie konnte nicht glauben, dass der Typ ihr tatsächlich nochmals den Zutritt verwehren wollte! Und das, wo er sie doch zusammen mit Ángel gesehen haben musste!

»Ich will zu Ángel!«, sagte sie wütend und spielte ihren letzten Trumpf aus. »Er erwartet mich.« Das konnte er nicht ignorieren.

Doch der Stiernacken verzog keine Miene. »Heute nicht«, brummte er und verschränkte die Arme. »Geh lieber nach Hause und zieh dir was an!«

Vor lauter Wut ballte Katie ihre Hände zu Fäusten. Was erlaubte sich dieser Spinner bloß? Wie konnte er es wagen?

»Ich muss da jetzt rein, verdammt!«, fuhr sie ihn so laut an, dass er überrascht zurückwich.

Im nächsten Moment spürte sie, wie sich seine Pranke um ihren Arm schraubte und wie er sie unsanft nach draußen zerrte.

»Werd erst mal clean«, sagte er ruhig, schüttelte den Kopf, als würde er sie bedauern und zog die Tür vor ihrer Nase zu.

Katie schnaubte vor Ärger, stampfte wütend in den Boden und schrie gleich noch einmal auf, weil sie auf einen großen, spitzen Stein getreten hatte. Das durfte doch alles nicht wahr sein! Sie lief im Kreis um den Club, während die Gedanken durch ihren Kopf ratterten. Sie wollte ihn jetzt sprechen, verflucht! Was sollte sie sonst tun? Wo sollte sie hin? Direkt zur Polizei? Katie war sich noch nicht einmal sicher, wo die nächste Polizeistation war! Sie ging ein paar Schritte zurück in die Gasse aus der sie gekommen war. Inzwischen zitterte sie am ganzen Leib vor Kälte. Sie musste hier weg, egal wohin. Sie musste sich irgendwo aufwärmen!

Katie zog ihr Smartphone aus der Tasche und begann, nach dem nächsten Polizeiposten zu suchen, als eine dunkle Limousine neben ihr hielt.

»Hey, dich kenne ich doch!«

Überrascht von der Stimme, fuhr sie herum. Der Gast auf der Rückbank hatte das Fenster runter gelassen und sah sie mit glänzenden, dunklen Augen an. Sie kannte diese Augen. Diesen Glatzkopf. Katie erinnerte sich, dass sie den Mann auf der *Fiesta Oscura* am Schiff gesehen hatte.

»Ich bin Rafael«, sagte er. »Erinnerst du dich?«

Sie nickte.

»Wolltest du in den Club?«, fragte er mit ruhiger Stimme, ohne ein Wort über ihren merkwürdigen Aufzug zu verlieren.

»Ich wollte zum Besitzer. Zu Ángel.«

»Da wirst du kein Glück haben«, fuhr der Mann fort, »der ist zu Hause. Ich hab vorhin mit ihm gesprochen.«

Zu Hause? Katie schnappte nach Luft. Auf die Idee war sie gar nicht gekommen. Sie war davon ausgegangen, dass sie ihn an einem Freitag Abend hier im Club antreffen musste.

»Na los, steig schon ein«, sagte er, »der Fahrer kann dich hinbringen.«

Katie blieb wie angewurzelt vor der Tür stehen, die er ihr geöffnet hatte. Unsicher verlagerte sie das Gewicht von einem Bein aufs andere.

»Na los, komm schon! Ich beiße nicht!«, Rafael lächelte sie aufmunternd an. »Hier draußen in der Kälte holst du dir noch den Tod!«

Katie sah erneut an sich runter, registrierte die

Gänsehaut auf ihren Armen und spürte, dass die Füße inzwischen so kalt waren, dass sie sie fast nicht mehr spürte.

»Also gut«, seufzte sie schließlich und stieg zu ihm in den Wagen.

46. KAPITEL

»Wieso fährt er hier lang?«

Katie sah irritiert aus dem Fenster, als der Wagen in die Carrer de Sepúlveda einbog, anstatt die Gran Via in Richtung Eixample anzusteuern.

»Ach, nur eine Abkürzung.« Rafaels Stimme klang vergnügt.

»Aber das... ist doch weiter?« Katie sah im Rückspiegel, wie sie das Zentrum langsam hinter sich ließen. Unsicher rutschte sie am Sitz hin und her, spürte erneut, wie die Angst in ihr hochstieg und durch ihre Glieder kroch, wie ein elendiger Haufen Krabbelgetier. Ihr wurde heiß. Ihr Magen zog sich zusammen.

»Wo bringt ihr mich hin?«, fragte sie so vorsichtig, als würde sie mit einer zähnefletschenden Raubkatze sprechen.

Rafael grinste belustigt. »Nur ein kleiner Ausflug. Es wird dir gefallen!«

»Bleibt stehen! Lasst mich sofort raus!« Jede Beherrschung war jetzt aus ihrem Ton verschwunden. Nackte Panik schwang ihren Worten mit und ließ ihre Stimme erzittern.

Rafael sah belustigt zu, wie sie hektisch den Kopf

herumriss, sich nach vorne drehte und dann gleich wieder aus der hinteren Scheibe starrte. Wie sie immer nervöser wurde, während sie mit viel zu hohem Tempo die Straße entlang donnerten. Katies Finger lagen am Türgriff, krallten sich geradezu fest, als das Auto in die Kurve einbog. Als sie schließlich an einer roten Ampel halten mussten, überlegte sie keine Sekunde. Mit einem einzigen schnellen Satz riss sie die Tür auf und wollte aus dem Auto springen. Diese Rechnung hatte sie allerdings ohne Rafael gemacht. Er packte sie gerade noch am Bein, hielt sie fest, zerrte sie zurück ins Auto. Katie schrie, als er die Tür wieder zuschlug. Sie brüllte aus Leibeskräften, als er sie schlug. Doch beides war vergebens. Weder hinter ihnen, noch vor ihnen war ein Auto, das sie hören hätte können, und der Verkehr an der Querstraße war viel zu schnell, als dass jemand Notiz von dem wartenden Auto genommen hätte.

Der Wagen passierte den Plaça d'Espanya, raste weiter stadtauswärts, bis irgendwann die Flughafenschilder zu sehen waren. Doch Katie bekam davon nichts mehr mit, denn der Muskelprotz drückte sie so fest in den Sitz, dass sie sicher war, er würde sie an Ort und Stelle erwürgen.

Der Glatzkopf ließ Katie erst wieder los, als der Wagen zu stehen gekommen war. Unsanft bugsierte er sie von der Rückbank, stieß sie hinaus auf einen großen, mit Schotter beladenen Hof, vor einem düsteren, einsamen Gebäude. Katie fror in der Nachtluft, aber das bereitete ihr längst keine Sorge mehr. Wieder wollte sie schreien, doch Rafaels Hand war schneller und legte sich so weit auf ihr Gesicht, dass sie fast keine Luft mehr bekam. Nicht, dass ihre Schreie ihr irgendwie geholfen hätten. So verlassen, wie das Gelände aussah, hätte sie ohnehin weit und breit niemand gehört.

Um Katie begann sich alles zu drehen, während sie die beiden Typen vor sich her stießen. Feuchte, kalte Steine bohrten sich in ihre Füße, dann Beton, als sie dem Gebäude näher kamen. Wo waren sie nur? Es sah aus wie eine alte Fabrik. Katie wollte nachdenken, wollte logisch überlegen, was zu tun war, doch es gelang ihr nicht mehr, einen klaren Gedanken zu fassen. Alles verschwamm, als sie durch das Tor gestoßen wurde. Miguel, der MP3-Player, das Video, der Club. Die Spirale drehte sich immer schneller und ihr Herz raste wie verrückt. Katie schloss die Augen, versuchte wieder sich zu konzentrieren, aber es ging nicht. Es gab bloß einen Gedanken, der in ihrem Kopf Platz hatte: *Sie werden mich töten! Sie werden mich in dieser gottverdammten Drecksbude umbringen!*

Katie spürte, wie ihr schwarz vor Augen wurde und wie ihre Beine nachgaben.

47. KAPITEL

Es war still, als sie wieder zu sich kam, ihr Knie und der Kopf schmerzten fürchterlich. Es dauerte keine Sekunde, bis Katie wusste, wo sie war. Was geschehen war. *Ich muss hingefallen sein*, dachte sie und wollte nach ihrem verletzten Knie greifen, doch das ging nicht. Sie konnte ihre Arme nicht bewegen. Sie war gefesselt.

Panisch sah sie sich im Zimmer um. Es war schmutzig um sie herum, vielleicht war sie in einem Kellerraum. Das Gebäude war alt und das Gemäuer schien bereits zu bröckeln. Wieso hatten sie die Kerle hierher gebracht? Wieso war sie an dieses komische Rohr gefesselt? Wenn die Männer sie töten wollten, warum hatten sie das nicht schon getan?

Ein Geräusch ließ Katie herumfahren, auf der anderen Seite des Raumes erkannte sie den Fahrer des Wagens wieder, der sie an diesen gottverlassenen Ort gebracht hatte. Sie wollte etwas sagen, ihn anschreien, dass er sie gehen lassen sollte. Doch sie konnte die Lippen nicht öffnen. Jemand hatte ihren Mund mit Klebeband verschlossen.

Katie zerrte an den Stricken, die ihre Handgelenke hinter ihrem Rücken zusammenhielten, doch die wollten kein bisschen nachgeben. Sie versuchte ihre Hände irgendwie freizubekommen, doch die Fesseln hielten bombenfest. Sie rüttelte so wild, dass sie sicher war, der Kerl würde jeden Augenblick aufspringen und zu ihr rüberkommen. Doch es war zwecklos. Der Kerl sah nur einmal kurz von seiner Zeitung auf, dann ignorierte er sie wieder. Und die Seile gaben kein bisschen nach. Das Einzige, das Katie mit ihrem Zerren bewirkte, war, dass sich die Fesseln schmerzhaft in ihre Handgelenke schnitten. So ein verdammter Mist!

Plötzlich kam Katie ein anderer Gedanke. Ihr Handy! Es musste noch da sein! Katie konnte es in ihrer rechten Tasche spüren! Sie drehte sich ein wenig, zog die Hände in den Seilen so weit wie möglich nach vorne, bis sie endlich mit den Fingerspitzen an ihren Rock kam. Vorsichtig tastete sie sich weiter, schob die Hände in die Tasche, bis sie das Metall fühlte. Katies Herz machte einen Sprung. Vielleicht war das ihre letzte Chance. Ihre einzige Chance!

Mit zitternden Fingern fischte sie ihr Smartphone aus der Tasche, es brauchte mehrere Versuche, bis sie es schaffte, die Tastensperre zu deaktivieren. Der Empfang war schwach, das Signal leuchtete einmal kurz auf, dann suchte das Handy erneut nach dem Netz. Sie atmete tief durch, verdeckte das Handy so weit es ging mit ihrem Körper. Ein Blick von dem Kerl mit der Zeitung würde reichen, um auch diese

227

Chance zu vertun. Anrufen war sinnlos, für eine Nachricht blieb keine Zeit. Also tat Katie das Einzige, was sie tun konnte. Sie öffnete ihr Chatprogramm, wählte Ángel aus der Empfängerliste und drückte auf *Standort versenden.*

»Was zum Teufel tust du da?«

Der Mann war so plötzlich vor Katie aufgetaucht, dass ihr vor lauter Schreck das Handy aus der Hand fiel und mit einem lauten Krach auf den Boden aufschlug. Im selben Moment knallte seine Hand in ihr Gesicht und ließ sie vor Schmerz laut aufjaulen.

»Du kleines Dreckstück, glaubst du, du kannst mich verarschen?«

Er angelte mit dem Fuß nach ihrem Smartphone, kickte es auf die andere Seite des Zimmers.

»Puta maldita, das wirst du bereuen!«

Noch einmal traf seine Hand ihr Gesicht.

»Was ist hier los?«

Rafaels Gesicht war in der Tür aufgetaucht, seine Miene war finster, die Augen funkelten böse.

»Sie hat versucht, jemanden anzurufen«, gab der erste Kerl weiter.

Rafael sah zum Telefon, das jetzt in der Ecke lag und keinen Ton mehr von sich gab. Dann zu dem Mädchen, das mit einem dicken Klebeband auf den Lippen an der Wand stand und sich in seinen Fesseln wand.

Ihre Augen waren starr vor Angst und als er auf sie zukam, weiteten sie sich noch mehr. Sie zuckte zusammen, als er die Hand hob, doch im Gegensatz zum anderen Typen, hatte er nicht vor sie zu schlagen. Mit einem Griff packte er sie am Kinn und zwang sie, ihm tief in die Augen zu sehen.

»Du willst um Hilfe rufen, Süße? Keine Sorge, du wirst bald so lange und so laut schreien dürfen, wie du willst!«

Er hauchte ihr einen kleinen Kuss auf das Klebeband über ihrem Mund.

»Es dauert nicht mehr lange, versprochen!«

Seine Zunge leckte über ihre Wange, dann über ihren Hals. Angewidert drehte sie den Kopf zur Seite.

»Freust du dich auch schon so wie ich?«

Katie versuchte zurück zu weichen, doch sie kam nicht weit, bis sie an der Wand anstand. Er grinste, als er erneut einen Schritt auf sie zumachte und sie zwischen seinem Körper und der kalten Mauer einschloss. Seine Hand drängte sich unter ihr Kleid. Tastete sich ihre Schenkel nach oben, bis sie sich in ihr Höschen schob.

»Oh ja, Schlampe, und wie du dich freust! Ich schwöre dir, diese Nacht wirst du niemals vergessen!«

Sie versuchte ihm auszuweichen, doch er war so viel stärker als sie. Sie hatte keine Chance. Er konnte mit ihr machen, was er wollte. Seine dreckigen Finger dort hinschieben, wo er wollte. Und das tat er auch. Bis er abrupt von ihr abließ.

»Ein kleines Bisschen musst du dich noch gedulden«, grinste er jetzt und küsste eine Träne von ihrer Wange. »Dafür gibt es dann eine Überraschung!«

Er lehnte sich näher an ihr Ohr, als ob er ihr ein Geheimnis anvertrauen wollte.

»Ein spannendes Zusammentreffen.«

Katie zitterte am ganzen Leib, als Rafael, gefolgt von dem anderen Mann, das Licht ausmachte und sie alleine in der Dunkelheit zurückließ.

48. KAPITEL

Sie wusste nicht, ob es Minuten waren oder Stunden, die sie in der dunklen Kammer verbrachte. Vom Gefühl her, mussten es Tage sein, denn die Zeit, die sie die Kerle mit ihren Ängsten alleine ließen, wollte nicht enden. Der Schock hielt sie aufrecht, doch die Machtlosigkeit und die Resignation ließen ihre Beine immer schwächer werden, bis sie niedersank, soweit es die Fesseln an ihren Handgelenken erlaubten. Immer wieder hämmerten die Gedanken so fest auf sie ein, dass sie das Gefühl hatte zu zerspringen. Verrückt zu werden. Bis plötzlich wieder die Tür aufging.

In ihrer Lethargie war Katie nicht fähig, etwas zu sagen oder zu tun. Sie hatte sich wehren wollen. Einen Plan fassen, wie sie die Angreifer überraschen konnte. Doch daraus war nichts geworden. Jetzt, wo sie einen neuen Schatten im Türrahmen sah, schaffte sie es nicht, irgendetwas anderes zu tun, als ihn mit starrem Blick zu fixieren, wie er langsam näher kam und schließlich das Licht anmachte.

Miguel? Entsetzt starrte sie auf das bekannte Gesicht.

Ohne ein Wort zu sagen, kam er auf sie zu, riss ihr

mit einem Ruck das Klebeband vom Mund.

»Sei still«, wies er sie an.

Sie zitterte am ganzen Leib, als er um sie herumging, um die Handfesseln in ihrem Rücken zu lösen. Seine Nähe war vertraut und doch jagte sie ihr jetzt eiskalte Schauer über den Körper. Sie hielt die Luft an, wartete, bis er sie freigemacht hatte. Doch Miguel hatte nicht vor, sie wirklich sich selbst zu überlassen. Dort, wo sie eben noch die strengen Stricke gehalten hatten, legte sich jetzt seine Hand mit entschlossenem Griff um ihren Arm und zog sie hinter sich her.

»Nein! Nein! Bitte!«, begann sie zu flehen, doch er ermahnte sie abermals mit bösem Blick, damit aufzuhören.

Ein schrecklicher Gedanke blitzte in ihrem Kopf auf, wie ein stechender Schmerz. War das gemeint? War das die Überraschung, von der Rafael, der Entführer, gesprochen hatte?

Miguels fester Griff schmerzte, seine Schritte waren so schnell, dass sie Probleme hatte, ihm zu folgen und dass er sie immer fester halten und hinter sich her schleifen musste. Ängstlich schielte sie an ihm nach unten, betrachtete die dunkle Sportjacke und die Jeans die er trug, bis etwas anderes ihre Aufmerksamkeit erregte: die Waffe, die in seinem Bund steckte.

Katie musste an den Film denken, den sie auf dem fremden MP3-Player gefunden hatte. An die verzweifelten Schreie und die Qualen, die die Männer der deutschen Touristin zugefügt hatten. Die Miguel dem Mädchen zugefügt hatte! Würden diese widerlichen Verbrecher dasselbe mit ihr anstellen? Oder wollten sie sie einfach mit der Pistole in seinem Bund erschießen, weil sie zu viel gesehen hatte? Katies Puls schnellte nach oben, das Adrenalin berauschte sie. *Ich darf nicht sterben*, ging es ihr durch den Kopf. *Ich darf das nicht zulassen!*

Der Gang erschien ihr endlos, es waren gewiss sechs oder acht Räume, an denen sie vorbeikamen, bis sie endlich vor der Tür zum Treppenaufgang standen. Was war das bloß? Eine Art Aufbewahrungshalle? Das Lager einer alten Fabrik, die schon lange nicht mehr genutzt wurde?

Miguel griff nach der Tür, die etwas zu klemmen schien. Es brauchte Kraft, sie aufzuziehen. Für einen kurzen Moment war er abgelenkt. Und Katie nutzte ihre Chance.

Sie nahm all ihren Mut zusammen und setzte die gesamte Energie ein, die sie aufbrachte. Ein schneller Schlag, ein kräftiger Stoß und ihre Hand war befreit. Miguel taumelte überrascht nach vorne, sah sie erschrocken an, doch es war zu spät. Katie drehte um und ohne noch einmal zurückzusehen lief sie los, so schnell sie konnte.

»Bleib stehen!«, schrie er, »Komm zurück, verdammt!«

Katie dachte gar nicht daran. Das war ihre Chance - vielleicht die einzige und letzte, die sie hatte! Sie stürzte ins nächste Zimmer, obwohl sie nicht wusste, was sie dort erwartete. Sie wusste, nur, dass er hinter ihr war. Dass er ihr dicht auf den Fersen war.

»Was zum Teufel…«, hörte sie jetzt eine andere Stimme draußen am Gang brüllen. »Wo ist sie hin?«

Lärm war von draußen zu hören, etwas das umfiel, ein lauter Knall, dann wieder Schritte. Panisch sah sie sich in dem großen Raum um. Kleine, vergitterte Abteile umgaben sie, etwas, das ein wenig an den Keller eines Mehrparteienhauses erinnerte. Oder aber an Käfige für Vieh. Katie graute es bei dem Gedanken, wer hier vielleicht irgendwann eingesperrt gewesen war. Sie wollte gar nicht so genau hinsehen. Stattdessen schob sie sich zwischen den Abteilen durch, rannte, so schnell sie konnte weiter, weil sie hörte, wie auf der anderen Seite die Tür aufgestoßen wurde.

»Bleib sofort stehen! Ich weiß, dass du hier bist!«

Es war Rafaels Stimme, die jetzt wütend durch den Raum donnerte und von den dicken Kellerwänden hallte. Sie musste leise sein, sich lautlos vorwärts schleichen!

Seine Schritte waren so fest, dass sie das Gefühl hatte, der Raum bebte unter ihm, während sie selbst barfüßig und leise wie eine Tänzerin über den Boden schwebte. Sie schob sich zwischen den vergitterten Abteilen durch, wie durch ein Labyrinth, dankte dem

Himmel, dass ein paar davon bis obenhin mit irgendwelchen Metallteilen und Schrott vollgestopft waren, die ihm die Sicht versperrten, während sie immer mehr Abstand zwischen sich und die Verfolger zu bringen versuchte.

»Katie«, hörte sie seine Stimme locken, wie einen Rattenfänger mit der Flöte. »Komm zurück Schatz, jetzt wird gespielt!«

Sie schlüpfte hinter die nächste Reihe mit Regalen, doch sie sah zugleich, dass es die letzte sein musste. Dass es keine weiteren Abteile gab, hinter denen sie hätte Zuflucht finden können. Panisch stürzte sie die Reihe hinunter, die Augen starr dorthin gerichtet, wo ein kleines, leuchtendes Schild einen zweiten Ausgang vermuten ließ. *Bitte sei offen*, flehte sie in Gedanken. Denn sie wusste eines: Wenn diese Tür zu war, dann war's das. Dann hatte sie ausgespielt und ihre Chance vergeben!

»Bleib stehen!«, hörte sie Rafael jetzt ganz in der Nähe schreien.

Sie warf einen schnellen Blick über die Schulter, sah, wie er die Hand hob und dann setzte ihr Herz einen Takt lang aus. Das, was er da hielt, war eine Waffe. Vielleicht dieselbe, vielleicht auch eine andere als die, die sie eben bei Miguel gesehen hatte. Trotzdem konnte sie nicht aufgeben. Nicht nach dem, was sie in diesem Video gesehen hatte!

Katies Hand langte nach der Türschnalle. »Bitte lieber Gott, hilf mir!«, flehte sie in die Dunkelheit, als ihre Finger den Türknauf fanden und energisch daran zerrten. Und gerade in dem Moment, wo die Tür nachgab und vor ihr aufsprang, hörte sie einen lauten Knall.

Das war's, dachte sie und wartete, darauf, dass ihre Beine nachgaben. Dass sie niederstürzte und leblos auf den Boden knallte. Doch es passierte nicht. Da war kein Schmerz. Kein brennender Stich, der sie durchfuhr. Stattdessen schob sich ihr Körper wie von selbst durch die Tür und ihre Beine trugen sie die Stufen hoch, bis sie einen weiteren Ausgang erreichte.

»Katie, warte! Bleib stehen!«, hörte sie jetzt wieder Miguel schreien, doch sie spürte, dass er weit genug weg war. Dass sie eine reale Chance hatte, weg zu kommen.

Dass der Boden kalt war und dass es rund um sie nichts gab, außer Dunkelheit und Stille, war ihr egal. Sie würde nicht aufhören zu laufen. Sie würde so lange weiter rennen, bis sie zu einer Straße kam oder zu einem Auto. Und wenn sie den ganzen Weg nach Barcelona zurücklaufen musste!

Katies Lunge brannte, als hätte sie Feuerwasser inhaliert, als sie zur Abzweigung kam, die zu dem gottverlassenen Gelände führte. Eine Sekunde hielt sie an, sah sich um, doch sie fand nichts anderes als

Finsternis um sich herum. Die Rufe hatten aufgehört. Sie konnte ihre Verfolger nicht mehr sehen. Nicht, dass sie der trügerischen Stille geglaubt hätte. Sie wusste, wie sehr sie ihr Verstand täuschen konnte. Wie plötzlich jemand neben ihr auftauchen konnte. Trotzdem lief sie jetzt etwas langsamer, als sie die Straße entlang hastete. Sie hatte einen langen Weg vor sich und sie musste sich ihre Kraft gut einteilen.

Katies Herz machte einen Sprung, als sie Scheinwerfer sah. Ein Auto! Jemand kam direkt auf sie zu! Sie riss die Arme hoch, winkte. Versuchte, den Wagen anzuhalten. Doch er wurde nicht langsamer. Der Lenker wechselte zur Fahrbahnmitte und donnerte so schnell an ihr vorbei, dass sie erschrocken zur Seite sprang.

»Verdammter Mistkerl!«, schimpfte sie, während sie noch mit dem Schrecken kämpfte, der durch ihre Glieder gefahren war.

Dann sah sie wieder Lichter. Erneut begann Katie zu winken, dieses Mal allerdings mit etwas weniger Enthusiasmus als zuvor. Trotzdem schien es nun besser zu klappen. Der Wagen wurde langsamer, rollte in gemäßigtem Tempo auf sie zu.

»Katie?«

Überrascht starrte sie auf das Cabrio, das neben ihr zu stehen kam. Bis ihre Augen die Dunkelheit fanden, den Trost und die Ruhe, die sie so vermisst hatte.

»Ángel! Du hast mich gefunden!« Mit offenem Mund starrte sie ihn an, so glücklich wie nie zuvor, dass er gekommen war. Dass er tatsächlich ihre kyptische Nachricht mit der Standortanzeige gesehen hatte und ihrem Hilferuf gefolgt war. Und das nach allem, was zwischen ihnen vorgefallen war! Erschöpft kletterte sie auf den Beifahrersitz und kauerte sich dort zusammen, wie ein kleines Kind.

49. KAPITEL

»Ángel, es tut mir alles so leid!«

Katie wusste gar nicht, wo sie beginnen sollte. Das letzte Treffen, ihr Misstrauen, ihre Ablehnung. Sie war so verwirrt gewesen, so verletzt und verängstigt. Jetzt platzte alles aus ihr heraus. Maja. Der Koffer. Der Musikplayer und das grausame Video. Miguel, der falsche Polizist. Sein Ring und die schreckliche Entführung.

»Wir müssen es zur Polizei bringen«, sagte sie und Ángel nickte, »Machen wir. Gleich morgen Früh!«

Es war bereits nach drei Uhr morgens, als sie seine Wohnung erreichten, aber Katies Müdigkeit war inzwischen verschwunden. Zumindest geistig fühlte sie sich jetzt hellwach. »Wir müssen diesen Schweinen das Handwerk legen«, erklärte sie, »und Miguel, diesen miesen Doppelagenten werden wir zu Fall bringen!«

Ángel nickte. »Das machen wir, querida, aber jetzt nimmst du erst einmal ein heißes Bad und ich mache uns inzwischen Tee.«

Sie nickte, als er sie in sein Badezimmer schob und seine große Eckbadewanne für sie volllaufen ließ.

Das warme Wasser war herrlich. Wundervoll. Katie versank im Schaum und sog das frische Zitrusaroma tief in ihre Lungen. Sie fühlte, wie es sie belebte. Wie das Bad langsam die schlimmen Ereignisse der letzten vierundzwanzig Stunden von ihr abwusch und sie endlich wieder zur Ruhe kam. Zu sich selbst kam. Sie rutschte tiefer ins Wasser, spürte es über ihrem Kopf zusammen schwappen und ihr langes Haar durchnässen. Fühlte die Wärme in ihrem Gesicht.

Katie rutschte zum Rand und schloss die Augen. Genoss die herrliche Stille, die das nächtliche Barcelona umgab. Ruhe. Geborgenheit. Frieden.

Sie kam erst wieder zu sich, als sie Schritte hörte. Ein Räuspern. Sie riss die Augen auf, brauchte eine Sekunde, um die Umgebung zu erfassen. Sie lag noch immer in der Badewanne, doch das Wasser war längst abgekühlt. Ángel stand in der Tür. Groß, dunkel gekleidet, mit dichtem, dunklen Haar, das ihm ins Gesicht fiel und mit leuchtenden, dunklen Augen, die an ihrem nackten Körper haften blieben, der durch die ölige Wasseroberfläche schimmerte.

»Bist du okay?«, fragte er leise und kam näher.

Sie nickte und sah ihm zu, wie er nach dem Schrank neben ihr griff, ihn aufzog und ein großes, kuscheliges Badetuch hervor holte.

»Los komm«, sagte er mit leiser, aber dennoch verlockender Stimme, breitete das weiche Tuch aus und schlang es um sie, als sie langsam aus der Wanne stieg.

Es tat gut, von ihm festgehalten zu werden. Umsorgt zu werden. Katie genoss es, wie er sie mit sanftem Druck abtupfte und ein paar Wassertropfen von ihrem Nacken küsste. Seine Nähe fühlte sich gut an. Richtig an. Zum ersten Mal seit langer Zeit war sie wieder geborgen!

Katie drehte sich nach, um ihn anzusehen. Um in seinen schönen, dunklen Augen zu versinken. Dann näherten sich langsam seine Lippen, legten sich auf ihre und küssten sie so zärtlich, als ob es ihr allererster Kuss wäre.

»Das fühlt sich gut an«, seufzte sie und schmiegte sich fester in seine starken Arme. »Bitte verzeih mir.«

Er drückte sie enger an sich, hielt sie fest, so als ob er sie nie mehr los lassen wollte. Seine Finger strichen über den zarten Rücken, spielten mit ihrem nassen Haar. Dann hob er noch einmal ihr Kinn an, um sie anzusehen. Anzulächeln.

Frisch. Süß. Vertraut. Seine Küsse schmeckten einfach herrlich. Und sie versprachen mehr, als er mit Worten hätte sagen können. Wie von selbst öffnete Katie ihre Lippen, ließ zu, dass seine Zunge mit ihrer spielte und dass er sie zärtlich an sich presste. Er küsste sie wilder. Leidenschaftlicher. Sie schloss die Augen, gab sich hin. Versank in eine Welt, in der nichts zählte, außer Sinnlichkeit. Lust. Liebe.

Er hob sie hoch und trug sie in sein Schlafzimmer.

Legte sie sanft auf die zarten Seidenlaken, seines weichen Bettes. Das Handtuch öffnete sich, sprang auf und er schob es zur Seite. Ließ sie in ihrer vollen Schönheit und Natürlichkeit zurück, so wie er sie am meisten liebte. Einen Moment lang blieb er vor ihr stehen, sah sie nur an. Betrachtete den nackten Körper, der auf seinem Bett lag. Das junge Mädchen, das so unschuldig, so rein und so wunderhübsch aussah und das ihn mit großen, himmelblauen Augen anstrahlte, als ob er ihre Sonne, ihr Mond, nein, ihre ganze Welt wäre.

Er war gefangen von ihrer natürlichen Schönheit. Von ihrer Liebe. Fühlte sich angezogen, wie eine Motte vom Licht, als er seine Kleider fallen ließ und zu ihr ins Bett stieg, um sich vorsichtig über sie zu lehnen. Wieder fanden seine Lippen ihre. Wieder küsste er sie voller Zärtlichkeit und zugleich mit einem solchen Verlangen, dass ihnen beiden der Atem weg blieb.

Ihr warmer Körper verschmolz mit seinem, schmiegte sich an seine Muskeln und ließ sie eins werden mit ihm. Ein leises Stöhnen schlich sich aus ihrem Mund, als er in sie eindrang. Ein kehliges Seufzen, als sie ihn mit ihren Beinen umschlang. Er hielt inne, lächelte sie an. Wartete, bis sie sein Lächeln erwiderte, ehe er begann, sich zärtlich in ihr zu bewegen. Er schob sich in sie, wieder und wieder. Nahm sie so gefühlvoll und sanft, dass sie dachte unter ihm vor reinster Begierde zerfließen zu müssen.

»Mehr«, keuchte sie und sah ihn an. »Hör nie wieder auf!«

Er hatte nicht vor, aufzuhören. Er hatte gerade erst angefangen und er wusste, dass es noch lange nicht zu Ende sein würde. Er wollte ihr mehr geben, als sie verlangte. Ihr alles geben. Und dafür ließ er sich Zeit.

Er reizte sie mit sanften Stößen. Dann wieder liebte er sie so leidenschaftlich, dass sich ihr Körper unter ihm aufbäumte und sie ihn anbettelte, sie fester zu nehmen. Er wollte es ihr nicht so leicht machen. Er hielt sich zurück, wenn sie unter ihm zitterte und bebte vor lauter Gier. Quälte sie mit langsamen Bewegungen, bis sie sich beruhigt hatte und er von Neuem beginnen konnte, ihre Lust zu schüren. Er spielte mit ihr und sie liebte sein Spiel. Liebte ihn. Gab sich ihm vollkommen hin. Bis er ihrem Flehen, Keuchen und Betteln irgendwann nicht mehr widerstehen konnte und seine eigene Leidenschaft mit ihm durchging. Immer schneller und fester wurden seine Bewegungen, immer größer der Druck. Sie rang nach Luft, stöhnte und zitterte. Spürte, wie die Hitze in ihrem Inneren zu einem Feuerball wurde, der ihren Unterleib glühen ließ. Zu einem Vulkan, der nur darauf wartete, sich endlich entladen zu dürfen. Sie sah ihm tief in die Augen. Fühlte, dass er dasselbe empfand. Dass dieselbe Lust von seinem Körper Besitz ergriffen hatte, während er sich wieder und wieder tief in sie hineinschob.

Sein Atem wurde schwer, irgendwann kam nur noch ein leises Stöhnen aus seinem Mund. Sie spürte, wie er in ihr zum Höhepunkt kam und fast im gleichen Moment entlud sich auch der Vulkan, der in ihrem Inneren gebrodelt hatte und peitschte die glühende Lava durch ihren gesamten Körper. Ein Schrei entkam ihr, ein tiefes Seufzen, während der Orgasmus ihre Sinne vernebelte. Er hielt sie fest, drückte sie an sich und küsste sie erneut, während sie die himmlische Erlösung auskostete, die sie am ganzen Leib zittern ließ. Dann löste er sich langsam, sah ihr noch einmal in die Augen und lächelte, als sie ein leises »Ich liebe dich«, hauchte. Er ließ sie zurücksinken in ihr Kissen, sah zu, wie sie die Augen schloss und endlich die Ruhe fand, die sie so bitter benötigte.

50. KAPITEL

Katie schlief tief und fest, als er aufstand. Ein leises Seufzen kam über ihre Lippen, als er sie von seinem Arm schob, aber gleich darauf war wieder ihr leiser, gleichmäßiger Atem zu hören. Sie sah süß aus, wenn sie schlief. Schön, rein, unschuldig. Doch er konnte ihr nicht länger dabei zusehen, er musste noch etwas erledigen.

Leise schlich er aus dem Zimmer und zog die Tür hinter sich zu. Im Badezimmer fand er, was er suchte. Er hob das kurze, blaue Kleid hoch, das sie getragen hatte und schob seine Hand in die linke Tasche, dann in die rechte, bis seine Finger gegen ein kleines, hartes Etwas stießen. Quadratisch und violett war der MP3-Player, den sie bei sich trug. Ein unauffälliges Metallkästchen, in das jetzt noch nicht einmal Kopfhörer gesteckt waren. Er nahm es an sich, ging damit die Stufen hinunter bis in den Wohnraum und öffnete eine Lade, die allerlei technische Spitzfindigkeiten enthielt. Er musste ein bisschen darin kramen, bis er ein passendes Kabel fand.

»Jackpot!« Ein zufriedenes Grinsen huschte über sein Gesicht, als er den richtigen Stecker in den Händen hielt. Eilig steckte er das Kabel an seinen Laptop, wartete ungeduldig darauf, dass er sich den Film ansehen konnte, der darauf versteckt war.

Sein Herz klopfte, als er das blonde Mädchen sah. Er konnte sich nur allzu gut an die Deutsche erinnern. An ihr hübsches Gesicht, das immer so traurig ausgesehen hatte. An die stille Verzweiflung, die sie zu zernagen gedroht hatte. Er sah sich das Video bis zu der Stelle an, die Katie ihm beschrieben hatte. Die Stelle, wo der Siegelring zu sehen war. Dann lehnte er sich in seinem Sessel zurück und ließ den Film weiterlaufen. Beobachtete, wie die Blondine vergewaltigt wurde, wie sie jemand würgte und später mit einem Messer bearbeitete. Er musste den Ton leiser drehen, weil sie so laut schrie, denn er wollte schließlich nicht Katie wecken. Es dauerte eine ganze Weile, bis das Mädchen im Film endlich still war. Bis sie leblos zusammensackte und die Kamera von ihr abließ. Langsam schwenkte das Bild, zeigte den Mann mit dem Messer. Den zweiten Mann, der gerade dabei war, seine Hose zu schließen und der sich jetzt die lederne Maske vom Gesicht schob, so dass man deutlich seinen Glatzkopf sehen konnte. Dann schwenkte die Kamera weiter, zeigte den dritten Mann, der den Ring trug. Auch er riss sich jetzt die Bedeckung runter, grinste munter in die Linse.

Ángel schüttelte verständnislos den Kopf als er das Gesicht sah - sein eigenes Gesicht! Wie verantwortungslos, sich in einem solchen Film zu zeigen! Aber andererseits war das Video auch niemals dazu bestimmt gewesen, von irgendjemandem entdeckt zu werden! Noch immer hätte er sich selbst dafür ohrfeigen können, dass es Maja geschafft hatte, ihn auszutricksen und diesen schlimmen, verräterischen Film von seiner Festplatte zu ziehen. Er schüttelte den Kopf, atmete tief durch. Es war egal. Es war vorbei. Er hatte den Film wieder und er würde dafür sorgen, dass ihn niemand sonst mehr zu Gesicht bekam. Oder zumindest, dass niemand jemals mehr davon sah, als Katie gesehen hatte. Gleich morgen Früh würde er in ihre Wohnung fahren, nach ihr fragen. Sich besorgt zeigen. Und sicherstellen, dass sie keine Kopie auf ihrem Laptop hatte. Der Plan war gut.

Er ging in die Küche, goss sich ein Glas Whiskey ein und setzte sich erneut vor den Computer. Er genehmigte sich einen großen Schluck, genoss, wie die scharfe Flüssigkeit langsam seinen Rachen hinunter lief und eine angenehme Wärme in seinem Inneren zurückließ.

»Zu schade«, seufzte er mit Blick auf den Ring, den er kurz nach dem Videodreh beim Pokern an diesen DJ verloren hatte. Zu einer Zeit, als er noch nicht ahnte, dass dieser Mistkerl noch Probleme machen würde. Es tat ihm leid um den Siegelring mit der schwarzen Schlange, den er seinerseits vor einigen Jahren einem reichen, libanesischen Kunden abgenommen hatte und der ihn auf die Idee für den

247

Namen seines Clubs gebracht hatte. Andererseits musste er froh sein, denn genau dieser verdammte Ring war es, der ihm heute Nacht den Arsch gerettet hatte.

Er goss noch einmal Whiskey ein und dachte über die letzten Wochen und Monate nach. Er hatte viel getan, worauf er nicht stolz war. Aber er hatte viel damit erreicht, war weiter gekommen, als er sich jemals erträumt hatte. Und er hatte auch viele schöne Zeiten erlebt. Er dachte an die ersten Wochen mit Maja. An den Moment, als er wirklich dachte, in ihr die Eine gefunden zu haben. Die Frau, die auf seiner Wellenlänge lag. Zu schade, dass sie so neugierig geworden war. So lästig!

Er dachte an Katie. An das ruhige, nette Mädchen von der Uni, das so gar nicht in seine Welt passte. Er hatte sie nicht eingeladen, aber sie war trotzdem gekommen. Und jetzt musste er sie wieder los werden und das tat ihm unsagbar leid.

Katie schlummerte tief und fest, als er zurück ins Zimmer kam. Sie sah so friedlich aus, so unschuldig. So hilflos, dass er fast Mitleid hatte.

Sie bemerkte nicht, dass er wieder zu ihr ins Bett stieg. Auch nicht, dass er nach seinem Polster griff. Erst, als er ihn nahm und fest auf ihr Gesicht drückte, begann sie zu zappeln. Das Mädchen schlug um sich, so wild und so hart, dass er sein ganzes Körpergewicht einsetzen musste, um sie niederzuhalten. Er kniete auf ihr, drückte sie mit seinen Knien ins Bett, während seine Hände das Polster unnachgiebig auf ihren Kopf pressten. Sie versuchte sich zur Seite zu rollen, wollte nach ihm treten, boxen. Aber nichts davon gelang ihr. Immer verzweifelter wurden ihre Versuche, ihn doch noch zu treffen, ihm wenigstens einen Kratzer in die Haut zu fügen. Dann sammelte sie noch einmal ihre gesamte Kraft, rüttelte und strampelte so stark sie konnte. Aber auch dieser letzte, kleine Verteidigungsversuch, konnte ihn nicht aufhalten. Er hielt das Kissen weiter auf ihrem Gesicht, bis ihr Widerstand schwächer wurde und schließlich ihre Bewegungen ganz stoppten, als sie das Bewusstsein verlor. Als sie sich unter ihm nicht mehr regte, wusste er, dass er es bald geschafft hatte. Und dass es für sie bald vorbei sein würde.

51. KAPITEL

Der Klang des ankommenden Liftes im unteren Stockwerk ließ ihn aufschrecken. *Verdammt, wie hatte es jemand geschafft, hier rein zu kommen?*

»Wo bist du, cabrón?«, donnerte die wütende Stimme durch die Wohnhalle. Gleich darauf hörte er Schritte und die Tür zum Schlafzimmer wurde aufgerissen.

»Geh weg von ihr! Sofort!«

Langsam, wie in Zeitlupe, ließ er das Polster aus und nahm die Hände nach oben. Er kniete noch immer über Katie, als er sich umdrehte und Miguel ansah. Die dunklen Augen, die ihn böse anfunkelten. Die Hände, die eine Waffe auf ihn gerichtet hatten. Den Ring, der noch immer seinen Daumen zierte.

»Los, runter von ihr!«

Er rutschte vorsichtig vom Bett, trat mit hochgestreckten Armen auf den weichen Teppich.

»Wie zum Teufel bist du dort raus gekommen? Wieso hat dich Rafael nicht erledigt?«

Ángel musterte das Gesicht gegenüber, sah die rote Strieme, die sich von Miguels Schläfe bis über die Wange zog. Die Flecken auf seiner Jacke. Es hatte einen Kampf gegeben, so viel war klar. Nur leider hatte der Falsche gewonnen!

Er stellte sich neben das Bett, die Hände noch immer nach oben gestreckt. Er wartete darauf, dass sein Gegenüber näher kam. Ihn schlug. Ihm Handschellen anlegte, oder was auch immer. Doch Miguel zögerte. Sein Blick war auf Katie gerichtet. Besorgt. Entsetzt. Er dachte, sie wäre tot. Und Ángel witterte seine Chance.

Mit einer einzigen, schnellen Bewegung, stürzte er sich auf seinen Kontrahenten und schlug ihm die Waffe aus der Hand, noch ehe er zielen konnte. Ein Schuss löste sich, schrammte an ihm vorbei und traf den Kasten. Die Pistole flog aufs Parkett und Ángels Fäuste flogen ins Gesicht des Polizisten. Sie schlugen sich, rollten über den Boden und knallten gegen die Wand. Miguel packte Ángel am Arm, rammte ihm das Knie in die Seite. Beide waren nicht zimperlich, was die Schläge anging, boxten und traten nach allem, was sie treffen konnten. Es ging ums reine Überleben.

Als Katie die Augen aufschlug, wusste sie erst gar nicht, wo ihr der Kopf stand. Wo war sie? Was war passiert? Sie sah sich um, sah das Zimmer. Die beiden Männer, die sich am Gang hin und her wälzten und gegenseitig auf sich einprügelten, so fest sie konnten. Die Bilder kamen zurück und hämmerten wie Knüppelschläge auf ihren Kopf ein.

Der Keller. Ihre Entführer. Das schreckliche Video!

Katie sah Miguel, sah, wie seine Fäuste immer wieder in Ángels Gesicht trafen. Er war gekommen, um sie zu töten! Sie beide zu töten! Ihr Körper schoss hoch, der Blick raste durchs Zimmer. Verzweiflung. Panik. Was sollte sie tun? Dann entdeckte sie die Waffe am Boden und sie zögerte keine Sekunde.

Katie hatte keine Ahnung vom Schießen. Sie griff nach dem Ding, nahm es hoch und hielt es so, wie sie es aus Filmen kannte. So, wie sie eine Wasserpistole angefasst hätte. Sie wusste nicht, dass sie die Waffe entsichern musste, allerdings auch nicht, dass diese Waffe bereits entsichert war. Unsicher richtete sie den Lauf nach vorne, in Richtung der beiden Männer, die am Boden lagen. Zielte auf den einen, der die Oberhand hatte und der sich jetzt über den anderen gebeugt hatte, um ihm ein für allemal den Garaus zumachen. Ihre Finger krallten sich an den Griff, ihre Hände zitterten. Sie wollte nicht abdrücken. Sie konnte es gar nicht.

Doch dann traf ihr Blick den von Ángel. Seine schönen dunklen Augen. Die Lippen, die sie eben noch geküsst hatten. Den Mann, der sie eben noch geliebt hatte und der jetzt im Begriff war, seinem Gegner zu unterliegen. *Er wird ihn töten*, ging es ihr durch den Kopf. *Und dann bin ich an der Reihe!* Sie konnte nicht anders, sie musste etwas tun. Sie musste ihm helfen!

»Schieß endlich«, signalisierte Ángel, der ihre Augen gefunden hatte.

»Nicht«, kam der entsetzte Schrei von Miguel, »Ich bin doch hier, um…«

Weiter kam er nicht, denn im selben Moment traf ihn die Kugel im Rücken.

52. KAPITEL

Katie stand wie versteinert neben dem Bett, als Miguels Körper nach vorne sackte. Blut lief aus seiner Wunde und sie hielt sich erschrocken die Hand vors Gesicht. Was hatte sie nur getan? Sie hatte auf einen Menschen geschossen!

»Du hast das Richtige getan!«

Ángels Stimme drang wie durch einen schweren, samtenen Vorhang an ihr Ohr. Berührte sie, holte sie zurück aus der Trance. Noch immer langsam, drehte sie den Kopf, sah ihn an, wie er sich unter Miguels Arm befreite und sich langsam aufrichtete. Ihr ganzer Körper zitterte noch immer wie Espenlaub im Wind. Ihr Herz raste und eine Träne lief ihr über die Wange, als Ángel langsam auf sie zukam.

»Sieh mich an, Katie«, sagte er mit ruhiger Stimme, »du hast mir das Leben gerettet! Du hast uns beide gerettet!«

Sie konnte nicht antworten. Sie wollte, aber ihre Lippen bewegten sich einfach nicht.

»Gib mir die Waffe«, sagte er und streckte seine Hand danach aus.

Katie wollte ihm die Pistole geben. Überhaupt wollte sie das Ding nie wieder berühren. Doch ihr

Körper gehorchte ihr nicht. Noch immer krallten sich ihre Finger um den metallenen Griff und ihr Arm bewegte sich keinen Zentimeter.

»Los gib her, bevor du noch jemanden verletzt!«

Sie blieb stehen, wie eine Statue, als er nach der Pistole griff und sie ihr aus der Hand nahm. Sie starrte ihn nur mit ihren großen, blauen Augen an, die jetzt in der Nacht so dunkel wie ein unergründlicher See wirkten und ließ zu, dass er sich einfach nahm, was er wollte.

»Los, komm!«, sagte er und eilte zur Tür. »Hilf mir, mich zu verarzten!«

Er lief voraus ins Badezimmer, griff nach einem Tuch, um sich die blutende Lippe abzutupfen.

»Wir müssen die Rettung rufen und die Polizei«, kreischte Katie. »Wo ist dein Telefon?«

Er sagte nichts, er stand bloß vor dem Spiegel, die Finger noch immer fest um die Waffe gekrallt, und starrte ins Leere, während ihre Augen suchend die Badezimmermöbel überflogen. Wo war sein verdammtes Handy?

»Wo ist es?«, fuhr sie ihn an, aber auch diesmal bekam sie keine Antwort.

Katie stürzte die Stufen hinunter. Wo war das verdammte Ding? Sie sah den blauen Stoff ihres Sommerkleides neben dem Schreibtisch liegen, griff danach und wich erschrocken zurück, als der Laptop durch ihre versehentliche Berührung zu neuem Leben erwachte. Der schwarze Bildschirmschoner wich zur Seite, ein Bild baute sich vor ihr auf. Mit großen Augen starrte Katie auf einen Ausschnitt von jenem Horrorvideo, den sie am Nachmittag nicht gesehen hatte.

»Du?«

Ihre Stimme war nur ein Flüstern, ein großer Klumpen steckte in ihrem Hals und ließ sie erschrocken nach Luft röcheln, während er die Stiege herunter kam und mit langsamen Schritten auf sie zu ging.

»Was hast du getan?«

In ihren Augen spiegelte sich Abscheu wieder. Angst und Ohnmacht. Der Schock darüber, wie sie sich bloß so hatte täuschen können.

»Es war kein Traum«, sagte sie und zitterte dabei am ganzen Körper, weil er bloß noch eine Armlänge von ihr entfernt war. »Du wolltest mich töten.«

Es kam keine Antwort, er sah sie bloß an, musterte sie eine Sekunde lang mit seinen dunklen Augen. Ihr schönes Gesicht, an dessen Wangen die Tränen getrocknet waren. Den Körper, den er eben noch begehrt hatte und die Hände, die sich jetzt panisch an seinem Glastisch festkrallten. Die Waffe hatte er zur Seite gelegt, als er näher gekommen war, er brauchte sie nicht mehr und Katie würde ohnehin keine Gelegenheit haben, sie nochmals in die Finger zu bekommen.

Sie war so hilflos wie ein junges Kaninchen vor der Schlange. Und es war so einfach für ihn, dass er es fast bedauerte. Fast.

»Schade, Katie«, sagte er schließlich, als sich seine Hände um ihren Hals legten. »Ich wollte nicht, dass es so endet.«

53. KAPITEL

Es tat weh. Seine Finger auf ihrer Haut brannten wie Feuer. Sie konnte seine Nägel spüren, die sich in ihr Fleisch gruben. Den Druck, von dem sie dachte, er würde ihren Kehlkopf zermalmen. Verzweifelt versuchte sie, seine Hände wegzuschlagen, erst noch gezielt, schließlich immer wilder und planloser, während sie verzweifelt nach Luft japste. Der Sauerstoffmangel machte sie schwindelig, die Bilder begannen vor ihren Augen zu verschwimmen. Und doch sah sie seine Augen so klar vor sich, wie nie zuvor. Sie versank darin, tauchte ein, in die Dunkelheit, so wie sie es schon viele Male getan hatte. Bloß dieses Mal war es anders. Sie fand das schöne, geheimnisvolle, verführerische Leuchten nicht mehr, das sie so begehrt hatte. Das sie so angezogen hatte, wie der Mond das Meer. Alles was sie jetzt in seinen Augen sah, war Leere. Eine kalte, grausame Leere.

Sie hörte ein Klingeln, als der Lift erneut aufging. Dann eine Stimme, so klar und so hell, als wären es die Engel, die sie holen kämen. Doch es war kein Engel und das, was sie hörte, war kein Himmelsgesang. Es war die verärgerte Stimme einer jungen Frau, die durch die Wohnung hallte.

»Aufhören! Nimm die Finger weg, du verdammtes Schwein!«

Katie spürte, wie der Druck auf ihren Hals nach-ließ, auch wenn er sie nicht richtig los ließ. Er fuhr herum wie von der Tarantel gestochen, starrte ent-setzt in die Richtung, aus der der Befehl gekommen war und gab dadurch auch ihr endlich die Sicht frei.

»Wie zum Teufel…?«

Katie folgte seinem entsetzten Blick und obwohl sie endlich wieder Luft in ihre Lungen bekam, setzte ihr Herzschlag aus, als sie die Frau vom Foto erkannte.

Ángels Gesicht wurde blass, doch es war nicht nur das Mädchen vor der Lifttür, das ihn erstarren ließ. Auch der Gegenstand, den er daneben auf der Ablage sah, lähmte ihn vor Schreck. Er wollte wegsehen. Die Aufmerksamkeit woanders hin lenken. Doch es war zu spät. Majas Augen erfassten blitzschnell das glän-zende Metall, das nur einen Schritt von ihr entfernt war. Mit einer einzigen, schnellen Bewegung nahm sie die Waffe an sich und zielte auf ihn.

»Weg von dem Mädchen«, sagte sie mit ruhiger Stimme und unterstrich ihren Befehl mit einem leisen Klicken, als sie die Waffe entsicherte.

Er wich langsam zurück, löste seine Finger nachei-nander von Katies Hals, bis er sie vollständig ausließ. Maja bewegte sich nicht. Sie blieb genau vor der Lifttür stehen, mit gehobenen Armen und jederzeit bereit, abzudrücken, wenn er es wagen sollte, sich falsch zu bewegen. Sie sah schön aus, fast so schön wie am Foto. Sie trug eine lange, dunkle Hose, dazu eine schwarze Lederjacke, die sich eng an ihren Körper schmiegte. An ihrem Handgelenk war ein Stück Verband zu sehen.

»Du bist tot«, sagte er und seine Stimme war nicht mehr als ein eisiger Windhauch.

Ein Lächeln umspielte ihre Lippen. »Du solltest nicht alles glauben, was in der Zeitung steht!«

Er verstand gar nichts und Katie noch weniger. Was hatte das alles zu bedeuten?

»Denkst du nicht, es ist ein Leichtes für die Polizei, einen Artikel zu fälschen? Vor allem, wenn es darum geht, eine bedrohte Zeugin zu schützen?«

Er setzte an, etwas zu sagen, aber sie schüttelte den Kopf. Signalisierte ihm, dass sie nicht vor hatte, weitere kostbare Worte an ihn zu verschwenden.

»Miguel«, schrie sie stattdessen. »Miguel!«

»Da kommst du zu spät!«

Seine Worte waren kalt, ohne jede Reue. Sie waren voller Abscheu für den Mann der sich als DJ in seinen Club geschlichen hatte, in sein Leben. Der sein Geschäft ruinieren wollte und ihm die Freundin genommen hatte.

»Miguel?!«

»Oben.« Katies Stimme war nur ein Flüstern, noch immer brannte ihre Kehle wie Feuer.

Unsicher folgte Maja ihrem Blick zur Treppe. Sie ahnte Schlimmes und die böse Vorahnung ließ ihr das Blut in den Adern gefrieren. Lenkte sie ab. Machte sie für den Bruchteil einer Sekunde verwundbar. Und diesen Bruchteil nützte Ángel gnadenlos aus.

Mit einem Sprung war er vor ihr, stürzte auf sie zu, um ihr die Waffe aus der Hand zu reißen. Doch er erreichte sie nicht mehr. Im selben Augenblick knallte der Schuss durch die Nacht.

54. KAPITEL

Die nächsten Stunden zogen an Katie vorbei, wie ein Film auf der Kinoleinwand. Ein halbes Dutzend Polizisten, die wenige Minuten nach Maja die Wohnung erreichten. Menschen, die sich über Ángel stürzten, seinen Puls kontrollierten, ihn wegbrachten. Andere Menschen, die Miguel untersuchten, ihn auf einer Trage ins Rettungsauto schoben, das mit zuckendem Blaulicht davon raste. Und schließlich die Leute, die sie selbst nach draußen führten und in einen Krankenwagen setzten. Taschenlampen, die ihr ins Gesicht leuchteten, Hände, die sie untersuchten. Sie überall abtasteten. Die Sonne stand bereits hoch am Himmelszelt, als die Menschen sie endlich alleine ließen. Als sie endlich schlafen durfte.

Als Katie das nächste Mal die Augen aufschlug, war es früh am Morgen. Die Sonne schien durch das offene Fenster ins Zimmer und irgendwo in der Nähe konnte sie einen Vogel singen hören.

»Gut, dass du munter bist«, hörte sie Enrico sagen, der eben durch die Tür gekommen war und ihr einen Strauß Blumen entgegen hielt. Der zarte Duft weißer Rosen, Lilien und Santini schlug ihr entgegen und schaffte es kurz, die sterile Krankenhausatmosphäre zu überdecken. Aber als Katie ihre Hand heben und nach dem hübschen Frühlingsstrauß greifen wollte, holte sie ein stechender Schmerz zurück in die Realität.

»Was ist mit mir?«

Katie starrte entsetzt auf die Schläuche, die aus ihrer Hand liefen und auf die Infusion, die über ihr auf einem Eisengestell hing.

»Keine Sorge, mit dir ist alles in Ordnung. Sie haben dir nur etwas zur Beruhigung gegeben. Es müssen noch ein paar Tests gemacht werden, haben die Schwestern gesagt, aber sie denken, dass du am Nachmittag nach Hause gehen kannst.«

Katie atmete erleichtert auf. »Was ist mit...«

»Miguel?«

Es war Carmens Stimme, die sie jetzt aufhorchen ließ. Direkt hinter Enrico war ihre Mitbewohnerin aufgetaucht, begleitet von einem anderen, dunkelhaarigen Mädchen. Das Mädchen vom Foto.

»Es tu mir so leid, Carmen! Ich dachte... Ich wusste doch nicht, dass...«

Katie wollte sich aufrichten, stieß dabei aber etwas unsanft mit dem Kopf gegen den Haltegriff, der über ihr von der Decke baumelte und rieb sich die Stirn.

Carmen schob sie zurück nach hinten. »Miguel ist auf der Intensivstation.«

»Wird er... es schaffen?« Katies Stimme war ein

verzweifeltes Flüstern.

Wie die schmerzende Nadel eines Bohrers drängten sich die Bilder zurück in ihr Gedächtnis. Der Kampf. Die Waffe. Ihre eigenen Finger, die den Abzug berührten und dabei auf den falschen Mann zielten.

»Es geht ihm schon besser«, sagte Carmen und Katie nahm erleichtert das Nicken ihrer Mitbewohnerin war.

»Er hat schon mit mir gesprochen«, mischte sich die Frau vom Foto ein. »Er hatte sogar schon genug Kraft, zu schimpfen, weil ich nicht im Auto geblieben bin.« Ihre Stimme klang versöhnlich, nicht verärgert. Sie war ganz offensichtlich erleichtert, dass die Geschichte trotz allem noch gut ausgegangen war.

»Wie hast du von all dem wissen können?«, fragte Enrico jetzt und wandte sich der zierlichen Frau zu, die er und Carmen vor einigen Stunden im Warteraum kennengelernt hatten und die sich als Miguels Freundin vorgestellt hatte.

Maja zuckte die Schultern. »Ich habe vermutet, dass sie Katie zur Fabrik bringen, als mir Miguel von dem Wagen erzählt hat, der sie vor dem Club abgefangen hat. Also habe ich Miguel dorthin geführt. Und nachdem er die Mistkerle erledigt hatte, haben wir nach Katie gesucht… und nach Ángel. Ich habe im Auto gewartet, als er hoch in die Wohnung wollte. Aber dann ist ein Schuss gefallen und ich konnte nicht mehr warten.«

»Ich bin froh, dass du nicht im Auto geblieben bist«, murmelte Katie und ließ ihre Augen einmal mehr über das hübsche Gesicht der zierlichen Dunkelhaarigen wandern. Maja. Das Mädchen, mit dem alles angefangen hatte und mit dem es zu Ende gegangen war. Ein Lächeln huschte über ihre Lippen.

LIEBE LESERINNEN,
LIEBE LESER,

ich hoffe, dass die Lektüre meiner Geschichte ebenso spannend und aufregend war, wie das Schreiben!

Ich freue mich über Rezensionen und bin gerne für Kommentare, Anregungen und Fragen per Email erreichbar: *leona.ravens@gmail.com*

Mehr Informationen zu meiner Arbeit und zu den Werken gibt es online auf *www.leonaravens.com*

Alles Liebe,

Eure
Leona Ravens

DARINA

DIE JUNGFRAU
UND DER KRIEGERKÖNIG

LEONA RAVENS

LESEEMPFEHLUNG:

DARINA
Die Jungfrau und der Kriegerkönig

Darinas Welt bricht zusammen, als sie mit dem berüchtigten Kriegerkönig der Pretarier verheiratet werden soll und ihm in sein Reich folgen muss. Er stellt Dinge mit ihr an, die sie gleichermaßen schockieren und faszinieren. Doch während sie dem Mann mit den Bernsteinaugen langsam näher kommt und beginnt, die dunklen Geheimnisse zu lüften, die ihn umgeben, gerät sie selbst immer mehr in Gefahr - denn nicht jeder ist dem ungewöhnlichen Mädchen wohlgesonnen.

Diese Geschichte entführt in eine längst vergessene Zeit voller Abenteuer und Gefahren und enthält neben Spannung, Dramatik und großen Gefühlen auch prickelnde Erotik.

DANKSAGUNG

Ich möchte mich ganz herzlich fürs Lektorat und Korrektorat bedanken, sowie bei den vier Testlesern, die meine Geschichte auf Herz und Nieren geprüft und mit mir gemeinsam so lange analysiert haben, bis auch die allerkleinsten Details stimmig waren.

Vielen Dank für die Zeit, Energie und Mühe, die ihr in mein Werk investiert habt und dafür, dass ihr auch beim zweiten und dritten Durchgang nicht müde geworden seid, das Buch von vorne bis hinten noch einmal zu lesen!

Ein besonderes Dankeschön auch an Damian M., der mich mit seinen Cover-Kunstwerken immer wieder aufs Neue begeistert!

Last but not least herzlichen Dank an Mr. XXX, einer mysteriösen Bekanntschaft in Barcelona anno 2005, der während unserem ersten Date verhaftet wurde und mich sehr verblüfft in dem Nachtclub zurückgelassen hat. Du hast mich inspiriert.